CONTENTS

OS COMEDORES DE LÓTUS

Autor: **Domênico**

(Edição e notas de Amilcar Alencar)

1.
CAPÍTULO 1: A CONTRAÇÃO

Hello, Darkness, My Old Friend (Simon & Garfunkel)

O menino não podia entender que o pai tinha uma doença mental. Mesmo que entendesse, isso não faria diferença. As crianças têm seu próprio ponto de vista sobre a mente humana. Aos olhos delas, os adultos são todos insanos. Por isso, a passagem para a vida adulta não lhes parece atraente, mas sim uma ameaça de destruição iminente.

Depois de crescido, o menino fez um esforço para recuperar alguma memória de como ele via o pai na infância. Foi em vão. Lembrava-se vagamente dele, cheio de energia, caminhando pesadamente como se marchasse, procurando alguma coisa extenuante para fazer: cavar bem fundo, martelar até quebrar o cabo do martelo, derrubar uma árvore pelo tronco a machadadas. Ele era assim, sempre arruinando algo ao seu redor e murmurando para si mesmo palavras em língua estranha. O menino achava que tinha sorte de por muito tempo ter passado despercebido pelo pai. Ele era apenas uma das coisas destituídas de valor e de significado que habitavam o mundo hostil do pai.

Vivendo no interior, em uma casa antiga e assombrada, e com pé direito tão alto que atingia a densa escuridão, ele tinha dificuldade para pegar no sono, tremia, tremia até que, vencido pelo cansaço, dormia, suado e inquieto. O mundo era apenas a vasta escuridão que descia do alto, e ele, um pontinho lá no meio da densa noite da sua existência. Tinha pouco mais de cinco anos.

Não raro, à noite, chorava baixinho, atemorizado, sem conseguir dormir. Numa dessas noites, esse pequeno gemido fez com que o pai o notasse, e viesse como um raio do quarto do casal – ele dormia no sofá da sala – e o carregasse dali. Foi um alívio momentâneo, pois achava que iria encontrar a mãe. Mas essa tola esperança logo se desfez. Com aquele jeito meio torto, o pai caminhou na direção da janela, abriu as suas duas folhas para uma noite tenebrosa sem estrelas, sem lua ou qualquer luz humana e o fez descer pelos dois bracinhos até a profundidade sem-fundo do lado de fora. A escuridão era como um lodaçal. O menino ficou lá, sendo tragado aos poucos pelo lodo escuro e movediço. Sem fazer qualquer barulho, a janela foi fechada de vez em um claque quase inaudível. O mundo passou a ser apenas um enorme vão. Naquele claque, tudo parou, ele parou de chorar, parou de se mover. De tudo, restou somente um zumbido, um apito, um som estridente de vagão descarrilado cortando a carne da noite. No zumbido, algumas ondas sonoras pareciam formar sílabas murmuradas, talvez palavras inteiras.

Ele não sabe quanto tempo ficou lá fora. Sabe apenas que, uma hora, a janela foi aberta, ele içado do lodo e levado de volta ao sofá. Sabe que não se sentiu aliviado com isso, não se sentiu protegido, não se sentiu salvo. Ao contrário, voltou lá de fora ainda mais perdido, ainda mais abandonado e com a sensação de que dali por diante viveria irremediavelmente desamparado.

* * *

Alguns meses depois do incidente da janela, o pai começou a ouvir vozes. Seu rosto ossudo, tenso e taciturno era o espelho do que acontecia dentro dele: um vozerio interno ensurdecedor. E ele já não conseguia mais ouvir as vozes externas, as vozes das pessoas que o chamavam à realidade. Dos seus olhos pequenos, vazava um brilho cortante, indicando que quem o habitava agora eram seres desconhecidos.

Em um belo dia de sol, em que gritos alegres das crianças que moravam perto dali enchiam o ar, o pai pegou a Bíblia, o único livro que havia na casa, e saiu porta afora. Dizem que era mesmo um belo dia de sol, mas na memória do menino havia apenas dias sombrios e escuros. Não se lembrava das luzes na infância, apenas das trevas. Também não se lembrava das crianças alegres que moravam por perto. Em sua lembrança, todas as crianças viviam, como ele, sob constante ameaça.

Na rua, o pai caminhou até a praça e, lá, erguendo o livro com o braço, pregou para os desventurados, os desesperados, os esquecidos, com uma eloquência que nunca demonstrara antes. Sempre fora desarticulado, monossilábico e, como era semi-analfabeto, falava como lia, aos trancos. Na praça, entretanto, ele falou com a destreza fluida e deslizante da escrita perfeita dos calígrafos.

Diante disso, a família, alarmada, não sabia o que fazer. Mas, por causa desses prodígios verbais, julgava que ele estivesse tomado por espíritos. Era uma situação tão grave que mal se preocupavam em proteger as crianças daquilo que eles mesmos, adultos, temiam. Assim, o menino e sua irmã foram esquecidos. E, depois de muita indecisão, por fim, acabaram por levar o louco - ou o santo - a um centro espírita de mesa.

O menino teve, assim, o seu primeiro contato com o mundo dos mortos. O local era uma sala comum, como a de qualquer casa, com bancos enfileirados que lembravam a disposição de uma igreja. No lugar do altar, havia uma mesa comprida cercada por cadeiras. Na cabeceira, outra cadeira com espaldar mais alto, jazia solene.Uma luz fraca e amarelada vinha de uma luminária, pendurada por um longo fio, e recortava a mesa e a silhueta dos médiuns sentados soturnos e cabisbaixos. O condutor da sessão, de paletó escuro, segurava um pequeno martelo na mão direita, e diante dele, sobre a mesa vazia, havia ainda um sino bem pequeno.

Ao chegarem à casa, a família do louco foi recebida por um dos "irmãos" do centro. Ele indicou o lugar das mulheres, do lado direito e, do lado esquerdo, o lugar dos homens para se sentarem lado a lado nos longos bancos. O menino foi colocado por um dos médiuns ao lado do pai. A mãe pediu para não se separar do menino, mas não foi ouvida. E logo a seguir, a luz da sala foi reduzida, ficando apenas a da mesa acesa. O médium condutor da sessão tocou, pela primeira vez, o sino com o seu martelinho, fazendo reverberar no ambiente um som metálico e agudo. Um pequeno arrepio percorreu o corpo dos presentes, e o condutor, com uma voz grave, porém alta o suficiente para ser ouvida por todos, começou a clamar pelos espíritos. "Grande foco, vida do universo, que as vibrações dos nossos pensamentos e das forças superiores deem esclarecimento ao nosso espírito para que ele tenha consciência dos seus erros a fim de repará-los e evitar o mal". Ao final, ele tocava levemente o martelinho no sino e recomeçava: "Grande foco, vida do universo...". A repetição, por dezenas de vezes, dessa convocação aos mortos, criou uma atmosfera hipnótica na sala, até que um dos médiuns começou a proferir algumas sílabas soltas como se gaguejasse: "ma" - "mar" e, depois, palavras esparsas: "Marília"... "minha irmã". Ouviu-se então um grito abafado do lado das mulheres. Era Marília reconhecendo a presença ali do irmão morto, poucos meses atrás, em um desastre de automóvel. O irmão, com a voz melancólica e lenta dos mortos, proferiu palavras emocionadas, mas reconfortantes: "Sinto a sua falta também, Marília", "mas estou em paz", "estou feliz aqui".

O menino mal entendia ou mesmo ouvia direito o que se passava na sessão. Sentia-se no meio de um tornado em câmara lenta, que levava calmamente tudo pelos ares: casas, árvores, bois e cavalos. Foi então que ele começou a notar que, ao seu lado, o pai tremia violentamente, a ponto de balançar o banco. O suor escorria no rosto do pai naquela noite fria, e sua cabeça se abaixava e se levantava como em um espasmo. Ao perceber o estado do pai, o menino sentiu algo que vinha do pai para ele. A princípio, era como se estivesse transmitindo ao filho apenas um calor, ou um impulso para um movimento, mas, na sequência, o menino foi tomado por uma onda de eletricidade que emanava do pai e se apoderava aos poucos do seu corpo. À medida que a coisa ocupava uma parte do corpo, essa parte ficava dormente: primeiro o braço foi amortecido, logo depois o ombro, o tórax e a perna mais próxima do corpo do pai. Em poucos segundos, ele estava praticamente paralisado, e já não conseguia respirar, como se fosse sufocado por mãos invisíveis. Tinha a sensação de estar sendo sugado vivo para dentro do abismo que o pai, ao seu lado, havia se transformado. Quando estava prestes a desmaiar, um braço surgiu do escuro e, vindo do alto, o retirou do banco lentamente. Ele se sentia grudado no assento e quando a mão o resgatou era como se ele estivesse saindo do seu próprio corpo, como se o corpo fosse uma vestimenta que ele deixava para trás. Assim, enquanto era retirado dali, sentiu que deixava a sua própria pequena carcaça sentada, e seguia, somente espírito, levitando sobre os mortos-vivos.

Segundos depois, quando finalmente já estava fora do banco, da garganta do menino saiu um grito abafado de terror e ele caiu num pranto convulsivo o que obrigou a mãe a abandonar o seu posto para levá-lo para a área externa do Centro. Lá fora, ainda soluçando, ele foi erguendo lentamente a cabeça e viu, espantado, milhões de estrelas sobre o veludo azul-escuro do céu e uma lua serena e rósea pairando sobre a terra escabrosa.

***

Algumas semanas depois, quando ficou evidente para todos que os espíritos não estavam conseguindo esclarecer a mente do louco, o menino resolveu partir. Sem que ninguém o visse, caminhou determinado pela estrada de barro que, para ele, era por onde se entrava e saía do mundo. Ele já ia longe sem que ninguém o visse, ou desse por sua falta, com os pés cobertos pela poeira vermelha da estrada de barro, quando, antes de chegar ao vilarejo, surgiu abruptamente na curva, uma senhora de roupa escura. Ela veio em sua direção, abaixou-se, olhou nos seus olhos e perguntou: "Para onde o rapazinho pensa que vai?' Envergonhado, ele abaixou a cabeça e respondeu: "quero ir embora do mundo ". Ela o abraçou cheia de ternura e tomou-o pela mão e o levou para a sua casa. Era a sua avó.

Ela falava baixinho, vestia-se discretamente, comia pouco e parecia flutuar acima das coisas. Ao chegarem à casa central da pequena chácara, ela segurou a mão do menino e o levou imediatamente para o pomar. Tinha o hábito de brincar com ele ali mostrando sempre pequenas coisas extraordinárias: o ninho de um beija-flor, a fragrância de uma flor desconhecida, o sabor único de uma frutinha muito doce, o encanto de um desenho escondido em uma folha, as cores vivas de uma lagarta se arrastando em uma planta, uma joaninha pintadinha e seus filhotinhos - qualquer coisa miúda que guardasse o segredo do seu encanto. "O beija-flor faz seu ninho", ela cochichava, "em várias camadas de fiapinhos de capim seco e pedacinhos de galhos e ali põe seus ovinhos. Assim ficam protegidos dos comedores de ovos que vão embora depois de comerem uma primeira camada, achando que comeram todos os ovos".

Debaixo de uma frondosa mangueira, havia um espaço onde se sentavam debaixo de um céu verde musgo. O aroma oleoso das mangas maduras, as sombras que dançavam no chão, espalhando lampejos da luz filtrada pelas folhas, faziam um rio cintilante. Tudo aquilo era um mundo só deles. Ela pedia ao menino para que presenteasse as formiguinhas com uma fazendinha. E com pedrinhas coloridas, enfeitavam a área em torno do formigueiro. Construíam um caminho para passarem apressadas carregando os pedacinhos de folhas e restos de algum alimento. Retiravam os obstáculos do caminho, abriam uma pequena clareira, traziam água numa folha que servia de laguinho. E subitamente a tarde e o menino eram capturados para aquele pequeno universo onde tudo era minúsculo. Tão pequeno que o menino podia enxergar o mundo de fora e ser absorvido pela beleza de um universo miudinho e acalentador, onde só havia bondade e beleza na voz de sua avó a sussurrar palavras doces de carinho para as formiguinhas. A avó nunca mostrou com especial interesse, o vasto céu, o enorme sol, a mais alta montanha – nenhuma beleza imensurável. Ela só tinha olhos para os pequenos detalhes misteriosos do mundo onde, segundo ela, dormiam os anjos. Levado pela mão da avó, o menino passou a acreditar que o lugar que buscava quando tentou fugir de casa pela primeira vez existia em algum ponto da estrada que passava logo adiante.

Chamava-se Domênico, mas, para ele, seu nome real não podia ser esse, nem aquele pelo qual todo mundo o chamava: Nico. Não se sentia digno de um nome e, se tivesse algum, jamais soaria como esses. Talvez por isso gostasse tanto das quinas dos cômodos, dos avessos das portas, dos pedaços da casa onde não poderia facilmente ser visto nem ver tudo por completo. Foi através de frestas que assistiu seu pai ser atacado brutalmente por espíritos sanguinários. Viu seu pai pedindo clemência, se debatendo, chorando copiosamente, clamando e erguendo as mãos aos céus por piedade - mãos vazias e crispadas - implorando para sair para a rua, dizendo que precisava levar a palavra de Deus aos necessitados. Viu também seu pai atordoado, dilacerado, diante do próprio sofrimento, duvidando da natureza das vozes que ouvia. Já sem saber se a voz era de deus ou do diabo, sua mente tinha se tornado um campo de batalhas de forças contrárias. Foi então que a família, já sem esperança de salvação, resolveu procurar um médico de almas.

* * *

A sala de espera tinha um aspecto severo: uma mesa, um sofá de dois lugares gasto pelo uso, uma poltrona pequena e uma cadeira de madeira. Não havia quadros na parede, nem enfeites. Ao lado de um armário de ferro cinza, uma solitária folhinha pendurada marcava os dias e meses do ano e exibia uma paisagem desbotada, montanhas cobertas de neve que indicavam um mês do inverno.
O psiquiatra usava um jaleco branco até os joelhos e óculos

redondos de aro fino. Tinha uma expressão permanente de enfado que poderia ser vista como compaixão cansada e incrédula. Com essa expressão, comunicava para a mãe que a esquizofrenia tinha tratamento, sim. No caso do pai, com apenas trinta e sete sessões ele estaria de volta à normalidade. A mãe com os olhos úmidos e vermelhos e um rosto amarrotado, fazia que sim com a cabeça. "Mas eu preciso explicar melhor para a senhora os detalhes de como funciona o tratamento com eletrochoques" – disse o psiquiatra..

O ambulatório ocupava a parte lateral do consultório, separado por uma divisória de madeira. Uma porta sanfonada permitia o acesso entre os dois ambientes. A terapia era realizada ali, naquela cela fria, onde havia apenas uma cama estreita alta sem cabeceira, com um grosso colchão de palha. Nas bordas da cama, cintos grossos de couro com fivelas de madeira pendiam na parte superior, na parte média e na inferior. Ao lado da cama, uma luz verde piscava intermitente no visor de em uma espécie de rádio transmissor. "É imprescindível que a Sra esteja presente na hora das aplicações." – disse o psiquiatra.

Na primeira sessão, ela precisou levar o menino, a filha ficou com a vizinha. Nico ficou no consultório enquanto o médico levou o pai e mãe para o ambulatório. Pediu para ele tirar a aliança e qualquer coisa de metal: cinto com fivela, moedas nos bolsos etc. A mãe ajudou o pai a deitar-se na cama, e o médico começou a afivelá-lo com uma série de cintos de couro. A cabeça dele se erguia à medida em que os cintos eram ajustados, sem que ele soubesse do que se tratava. Por fim, o médico passou uma faixa de couro por sua testa, fixando a cabeça na extremidade superior da cama.

Com o mesmo ar entediado e gentil, ele encaminhou a mãe para o consultório: "não se espante com o que a senhora irá ouvir, ele estará comigo e tudo está sob meu controle. Tente se acalmar."

Ele puxou a porta sanfonada e deslizou o trinco. Demorou segundos para que um ruído eletrônico fosse ouvido pelo menino. A mãe esfregava as mãos e parecia rezar. Em seguida, uma sequência de barulhos secos e urros atravessavam a parede fina. Os choques faziam o corpo, mesmo afivelado, saltar e se sacudir, como se montasse um cavalo selvagem. Da boca entreaberta do pai, com os dentes travados por uma borracha, escapava um som rouco como se viesse do fundo de um poço e não de um corpo humano. Como se alguém arrastasse um móvel pesado pelo chão - não era um som de dor, lamento ou gemido, mas um ronco profundo, como os que antecedem os abalos sísmicos.

A sessão durou trinta minutos, e, durante todo o tempo, a parede era sacudida, o chão parecia ameaçar abrir-se. O menino tapava os ouvidos tentando não ouvir o urro da terra, ou cobria com os olhos com as mãos, como se pudesse assim não ver, em sua mente, aquele estranho rodeio psiquiátrico.

* * *

Ao longo do tratamento, seu pai foi desaparecendo lentamente. Andava como um fantasma, nada restou dos passos de marcha, restaram apenas os pés se arrastando pelo chão. Seus olhos tornaram-se opacos, e ele, já muito magro, secou até sua figura esquálida quase se esvair. Passava boa parte do tempo sentado na beira da cama esperando a hora de mais uma sessão de choques, sempre cabisbaixo. Nada sobrou daquela energia que o fazia colocar o mundo na bigorna. Na casa, todos mantinham um silêncio de claustro. O menino não podia falar senão em sussurros, ninguém corria, até para dobrar um papel exigia cuidado extremo. Quando soava o relógio, eles iam até ele, colocavam-no de pé e ele emitia um pequeno soluço na certeza de que o rodeio macabro recomeçaria.

A volta das sessões era sempre humilhante: retornava para a casa com as roupas molhadas de urina, vômito e fezes. Muitas vezes, voltava com costelas fissuradas e o maxilar marcado por hematomas. Os nomes ecoavam na sua mente, mas não indicavam mais as coisas, eram meros ruídos vazios de sentido. Alguém precisava apresentar-lhe o mundo novamente: "essa era a sua farda quando trabalhava como guarda noturno, se lembra?" Ele balançava a cabeça envergonhada. A mãe o olhava com compaixão enquanto fazia o rol das coisas que ele precisava reaprender.

Algumas semanas depois, já quase no fim do tratamento, ele era uma página em branco com alguns rascunhos nas bordas. Seu antigo eu havia partido, estilhaçado pela eletricidade, evaporado nas cavalgadas do ambulatório. Caminhava agora com alguma firmeza, mas não sabia para onde ir. Virava a cabeça, procurando com os olhos alguém que o guiasse naquele mundo que não era mais o seu - era o mundo das demais pessoas, Ele precisava delas para se conhecer e se moldar ao que elas esperavam dele. Tinha receio de desagradar e repetir algum dos seus malfeitos anteriores. Ninguém ousava lembrá-lo do seu passado de emissário de Deus, mas ele parecia suspeitar que, debaixo daquela lençol estendido tão branco com uma luminosidade tão agradável e confortante, descansava um passado terrível. Ele precisava ser remontado de uma outra forma e algumas peças do seu antigo eu precisavam ser jogadas bem longe, além das margens das quais a sua mente vaga, indecisa e temerosa presumia existir. Ele havia partido, e todos esperavam que ele não voltasse nunca mais.

Nico buscava algum buraco, algum esconderijo, mas seus esforços eram em vão; ele permanecia visível. Sonhava dia e noite com o seu próprio desaparecimento, mas quem desaparecia e se tornava um fantasma era o pai. Um espectro, uma sombra, vagando entre os mortos - para onde quer que tivesse ido, só poderia ser um lugar distante.

Na sua cabeça, Nico pensava que talvez ele voltasse como o pai que nunca tinha sido. Talvez o pegasse no colo, o abraçasse e contasse as vitórias conquistadas durante a sua longa ausência. Talvez ele voltasse inteiramente transformado, talvez ele voltasse como um mero ser humano, não mais habitado por forças do fundo da terra nem do alto do céu, nem o sonâmbulo desmemoriado que perambulava pela casa nas madrugadas, passando as mãos pelas paredes como se quisesse reconhecer o mundo pelo tato.

Nico esperava que o seu pai voltasse, não aquele que conhecera nem o que existia agora, mas o pai que nunca tinha tido - aquele o levaria embora dali. Se as coisas do mundo eram tão extraordinárias, talvez por aquela porta ele entrasse com as suas armas em punho e declarasse: "a guerra acabou."

* * *

Sempre que a febre de Nico ultrapassava os quarenta graus, ele entrava em delírio. Os parentes ficavam aterrorizados com a cena. Ele gritava desesperado apontando para fantasmas que surgiam diante dele. "Mãe, tire eles daqui, tire eles daqui", suplicava aos gritos. O mais doloroso para todos era vê-lo cobrir os ouvidos com as mãozinhas para não ouvir o que essas figuras do delírio diziam. A mãe mergulhava Nico na bacia de água fria para baixar a febre. Na água quase gelada, seus olhos ainda reviraram, buscando algo em que pudessem se fixar. Ela tinha pavor daquela cena macabra que se repetia sempre que o menino tinha febre. Muitas vezes, ele escutou a mãe contar sobre aqueles delírios, e, em algumas ocasiões, chegou perto de recuperar aquelas vozes que, em sua memória, tinham a forma de cânticos, com melodia, ritmo e cadência.

Numa daquelas noites de medo e silêncio forçado, que se seguiram ao episódio da janela, Nico teve um sonho. Ele andava descalço por uma terra vazia, sem árvores, casas ou pessoas, o chão era de pedras quebradas, cortantes, sob um céu crepuscular. E dois abutres, dois urubus, surgiram em cantos opostos do céu, de um azul cruel. E avançaram um contra o outro, quando estavam perto do choque, desviaram e começaram a fazer movimentos circulares um para cada lado. De suas gargantas saía um som agudo de agouro. De um salto, Nico sentou-se na cama, coberto de suor. Ao olhar em volta, viu que tinha dormido na casa da avó. Foi nesse exato momento que um vulto entrou pela abertura da porta e se postou diante da cama. Colocou a mão morna na sua cabeça e começou a rezar contra o quebranto.

- Com dois lhe botaram com três eu lhe tiro. Com dois lhe botaram e com três eu lhe tiro.

Depois, o vulto sentou-se na beira da cama e, com uma voz suave, disse: "Você terá que partir, meu neto. E isso não será uma escolha. Sua vida já está destinada a acontecer lá longe, adiante."

CAPITULO 2: ÁLBUM BRANCO

Looking through a Glass Onion (Lennon/McCartney)

A lguém tinha deixado a vitrola ligada. O disco havia chegado ao fim mas continuava girando e emitindo um chiado alto e contínuo. Lex veio correndo da cozinha gritando: "Vocês vão acabar com a minha agulha de diamante, seus idiotas!". Jones estava estendido no chão, imóvel, com seu tênis Alpargatas com estampas do Mickey Mouse, sem meias, calça de tergal chumbo e camisa social bege. Seus cabelos compridos até os ombros espalhavam-se pelos tacos brilhantes de sinteco. Os únicos movimentos observáveis eram os reflexos das luzes do lustre nos seus óculos de grau com moldura preta e grossa. Lex saltou sobre Jones e correu na direção da vitrola, um enorme móvel estilo buffet, que ocupava boa parte da sala.

Era a primeira vez que Nico ia à casa de Lex. Ele tinha sido levado por um amigo do ginásio, e, aos quinze anos, não havia melhor lugar no mundo para ele estar. Ele admirava Lex de longe e estar perto dele dava à situação um toque de irrealidade mágica. Aos olhos dele, Lex era o que ele gostaria de ser: bonito, forte, destemido. Além disso, em torno dele, havia uma atmosfera que oscilava entre o perigo e a segurança, isso exercia sobre todos os amigos uma enorme atração. Jones o chamava de Victor *Imature* por sua semelhança com um ator de Hollywood, Victor Mature, e por sua divertida, inconsequente e confiante imaturidade.
Ciente desse seu magnetismo, Lex, com as duas mãos, levantou a capa do recém-lançado primeiro disco do *The Doors*[1] e

proclamou: "Eu, Maomé, declaro: vocês acabam de ouvir os Dez Mandamentos. Jesus Cristo *Fahrenheit* jaz no chão fulminado e chapado pelas palavras divinas". Ele sorriu para Jones, que, a essa altura, já estava sentado no chão, com um dos seus olhares atônitos.

Os amigos tinham classificado sete graus desses olhares. O grau zero era o olhar da manhã, quando acordava e revia o mundo. Era um olhar tonto e triste, que permanecia até que alcançasse o grau 1, o do transtorno que acabava se impondo em algum momento do dia. E ele sacudia a cabeça como se quisesse expulsar os pensamentos maus que brotavam nela. O grau 2 era o da confusão ativa, ele o usava ao se erguer e seguir, aparentemente confiante, para uma direção que invariavelmente se revelava sem saída. Grau 3 era o da apatia, quando ele, entregando os pontos, jogava-se em qualquer lugar e sentia palpitações. O grau 4 era o da fúria, o olhar revirado de quem é tomado por uma ira justa. O 5, o atual, era o do êxtase passivo, como um santo ou um mártir, ele se entregava ao desnorteamento com algum júbilo e uma vontade incontrolável de se rastejar. O grau 6 era do deus selvagem, o deus do sacrifício. E o grau 7, o da beatitude, resultava dos remédios pesados em altas doses que eram injetados pelos médicos nas suas veias combalidas.

***

Nico ouviu todas essas histórias com fascínio e passou a semana inteira remoendo cada detalhe: as expressões, as roupas e os sorrisos que vira na casa de Lex. Finalmente, ele sentia que fazia parte de algo, havia encontrado o que parecia ser o seu lugar no mundo. Aquelas pessoas loucas, divertidas e perdidas lhe davam uma sensação tangível de pertencimento. No momento em que essa ideia cruzou a sua mente, o telefone tocou. Era o Lex: "Fala, Nico. Hoje vai ter uma festinha aqui em casa, Meus pais estão fora. Venha quando quiser, mas a coisa vai esquentar mesmo à noite."

A sala do Lex estava cheia; não apenas a sala, mas o quintal, os quartos e a cozinha. Garotas e garotos moviam-se como pequenos cardumes pela casa. Nenhum adulto. Muita bebida, cigarros e outras coisas. A vitrola, era como um sol, em torno do qual tudo girava..Quando Nico chegou ela tocava *Break On Through To The Other Side* no volume máximo. Lex veio na sua direção e o abraçou. Nico ficou sem jeito; não tinha muito talento para fazer amigos nem se achava interessante o suficiente para ter um. Principalmente Lex, o cara mais legal do mundo, que estava ali dando um abraço nele. "Deixa eu ver os seus dentes" - pediu Lex, ele não entendeu, mas abriu os lábios, e logo sentiu o dedo indicador de Lex esfregando alguma coisa nos seus dentes.
– O que é isso? - perguntou.
– Você confia em mim, Nico?- Ele fez que sim com a cabeça. - *Wild Lotus*. Você vai viajar, irmão.
Nico sentiu uma tremenda angústia. Ainda não confiava tanto assim em Lex. A viagem demorou para começar e foi precedida por uma lenta bruma rasteira. Ele pensou em ir ao banheiro para tentar saber como lidar com a situação, embora já não houvesse mais o que fazer. Mesmo assim, foi ao banheiro. Ao abrir a porta viu uma cena meio chocante: Lex levantava a camiseta de Angélica e beijava os seios dela. Recostada na parede, ela tinha uma expressão de santa em êxtase. Eles olharam de relance para a porta que se abriu e viram Nico. Lex sorriu e ela se recompôs, puxando a camiseta para baixo. Nico fechou a porta e saiu dali apressado.
Na varanda, viu as velhas casas com suas cores desbotadas e sujas surgindo agora como uma aquarela em uma delicada composição de tons e algum movimento como se flutuassem sobre água. Foi quando Angélica surgiu ao seu lado. Nico teve um leve sobressalto. Era como se ela estivesse há algum tempo ali observando-o. Ela pediu para que ele não comentasse o que viu. Ele garantiu que não tinha o menor interesse nisso r que nem tinha visto nada direito por causa da névoa. Ela sorriu com doçura, o que fez seus olhos cintilarem.
De todas as meninas que frequentavam a casa de Lex, Angélica

era a mais bonita e a que pertencia a uma família importante; seu avô era o prefeito da cidade. Ela tinha os cabelos louros meio acinzentados e compridos que, naquela ocasião, estavam presos à cabeça por um colar de pérolas antigo, usado como uma coroa. Seus olhos eram azuis bem claros e a pele alva. Tudo isso tornava Angélica digna desse nome.

Ele não sabia por que, mas, levada por um impulso confessional, ela começou a falar sobre - Wild Lotus Cinemascope Ultravision apresenta: - "o lance dela com Lex". Que eles não frequentavam o mesmo mundo, embora se conhecessem de vista. Que foi na praia que se falaram pela primeira vez. Luz laranja, céu anil, maresia.

Ela estava deitada quando ele parou de pé na sua frente encobrindo o sol. Ela não conseguiu distinguir os traços daquele rosto, até que ele se sentou ao seu lado. Ele estava cheio de areia e sal pelo corpo e sua pele tostada fazia dele um nativo de uma ilha do Pacífico. Nico imaginou Gauguin filmando a cena. Ela o olhou com uma expressão de incredulidade e interrogação. Ele perguntou: "Você é a Angélica?" Ela: "Você, quem é você?" Ele respondeu com outra pergunta: "Quem você acha que eu sou?" Isso a deixou incomodada, ele tinha um olhar lascivo que deslizava pelo seu corpo untado de óleo e que fixava os olhos exatamente onde não devia sem o menor pudor. "O perfume desse bronzeador me deixa excitado, vou ter que ir para água - Lex disse, levantou-se escondendo uma visível ereção, saiu correndo e mergulhou no mar.

O primeiro impulso dela naquele momento foi pegar as suas coisas e ir embora dali. Estava se sentindo numa zona de risco, mas logo se deu conta de que aquele "selvagem do Taiti" era o garoto que ela via passar todo final de tarde na frente da sua casa, vindo da escola. Ele sempre acompanhado de dois ou três amigos passavam na sua calçada, rindo e empurrando uns aos outros. Era ele, sim. O seu segundo impulso a surpreendeu. Caminhou como uma ninfa sonâmbula até a água disposta a entender o que se passava com o garoto. A história da ereção era algo muito perturbador porque ela não tinha a menor ideia do que era aquilo, mas ao mesmo tempo exercia sobre ela um fascínio. Com a água quase na cintura ela disse "agora eu sei quem você é". Ele: "Eu duvido". Os olhos dela desceram lentamente até o reflexo ondulante do corpo dele dentro da água.Ele perguntou: "Quer ver?" E abaixou lentamente a sunga preta até os joelhos. A água transparente fez com que os olhos dela vissem algo meio vivo como um peixe movendo-se sinuosamente no azul do mar sobre o fundo branco da areia.

Nunca na vida ela tinha vivido uma situação sexual intensa como aquela, nem sua imaginação tinha ousado conceber algo tão fascinante, uma mistura tão equilibrada de medo e desejo. Nunca tinha experimentado sentimentos tão novos, contraditórios e desafiadores. Ela teve esse choque ao descobrir que não se conhecia o suficiente, que não tinha mais comando sobre si mesma, que quem tinha assumido o controle era algo de dentro dela mais profundo que ela mesma, contra tudo que aprendera em casa, na escola, na igreja. Alguma coisa fez com que ela desse mais dois passos para frente até sentir um contato com algo surpreendentemente morno e pulsante movendo-se entre as suas coxas. Ela poderia ficar ali para sempre parada, sentindo os movimentos ondulantes da água e de uma língua morna lambendo as suas pernas até o limite em que as coxas encontram o tecido do biquíni. Por fim, sentiu que poderia montar naquele peixe escorregadio e brilhante e sair voando pelos ares. Não se tratava de sexo como tinha ouvido falar, nem como tinha lido e entendido; tratava-se de torpor, vertigem, de milhoes de sensações desconhecidas que a levavam a beira de um desmaio. Lex, imóvel, deixava que seu membro agisse por si; ele era só aquele peixe brilhante na água e um olhar fixo que a transpassa e os lábios ligeiramente entreabertos, como se a beijassem suavemente. As extremidades dos braços dele moviam-se suavemente na superfície da água, como se nadasse, embora permanecesse parado, deixando-se levar pelo fluxo ocasional das pequenas ondas.

De súbito, Angélica percebeu que a sua mão submersa tinha

tocado o abdômen de Lex e, no momento mais ousado de toda a sua vida, deslizou a mão para baixo até, enfim, segurar aquele ser vivo latejante e indócil que era dela, que ela queria tomar para si mesma. Lex foi aos poucos dobrando lentamente os joelhos até que eles tocaram a areia; Angélica acompanhou esse movimento mantendo o membro, cada vez mais enrijecido, em suas mãos e também ajoelhada na areia sentiu um pequeno espasmo lançar a sua mão para cima e viu, maravilhada, uma pequena nuvem leitosa subir a superfície da água. Logo a seguir, um pequeno cardume de peixinhos dourados cintilantes começou a devorar, em pequenas bicadas, as pequenas bolhas brancas. Os dois ajoelhados assistiram os peixinhos comerem o esperma e depois fugirem como pequenas flechas douradas em várias direções.

Num sobressalto, como se acordasse de um sonho, ela deu as costas para ele e caminhou apressada de volta para a areia. Enquanto andava, o mundo inteiro girava em sua cabeça, as nuvens corriam céleres pelo chão fazendo com que ela quase tropeçasse nelas; o sol, jorrando fogo na areia, levantava labaredas no seu caminho; seus pés ardiam; no céu, dunas de areias se moviam como no deserto e o mar subindo pelos ares, começara a chover sobre ela. A água que caia sobre o seu rosto tinha gosto de saliva e mel. Ela foi cambaleando até a areia, desabou de joelhos sobre a toalha e dobrou-se de lado em um movimento contorcido, lento e involuntário, no que depois lhe pareceu ter sido o seu primeiro orgasmo. Não apenas um gozo com Lex, mas com a natureza inteira à sua volta, nuvens, peixes, areia, água, chuva.

Mais uma vez, do nada Lex surgiu na sua frente e disse: "Estou indo embora, está começando a chover, tchau." Ela murmurou – "Aparece lá em casa no sábado", e foi aumentando a voz à medida que ele ia se afastando da areia da praia, até gritar: É meu aniversário, vou reunir os amigos." E, no sábado, ele não ligou nem apareceu na festa...

Ela falava, falava, e Nico estava mentalmente em um planetário, ouvia a voz dela ao longe e redimensionava as imagens em uma gigantesca tela curva. Tinha mergulhado de cabeça num tempo presente soberano. Todo o seu passado tinha voado embora, e o futuro se apagara como uma lâmpada. Diante dele, apenas corpos, cores, formas, sons. Quando Angélica notou que falava sozinha, respirou aliviada, deu de ombros e voltou para a festa. Nico ficou ali fora, parado, até que um acorde de guitarra puxou sua cabeça na direção da sala. Caminhou lentamente até lá, encostou-se na parede ao lado da vitrola e viu que, entre as pessoas que dançavam lentamente uma música interminável do *Iron Butterfly*[2], por uma fresta, havia alguém com os olhos fixos nele, como se o observasse para uma pesquisa. Era Fahrenheit.

***

Quando acordou, estava no sofá da sala. Não viu ninguém por perto. Na TV, imagens em preto e branco de eventos históricos do século. Nico não reconhecia todos os personagens, apenas alguns óbvios, mas eles pareciam disformes, retorcidos. A televisão estava sem som. Ele via exércitos marchando, batalhões e batalhões que cruzavam a tela na diagonal. Rostos de homens velhos horríveis em close. A explosão de uma bomba. Enfermeiras apressadas corriam por uma estrada. Automóveis lustrados um ao lado do outro. Um foguete cortando o céu deixando um rastro de fumaça. Ele não sabia se aquilo ainda era efeito do *Wild Lotus* mas aquelas imagens não diziam respeito a ele. Elas se atropelavam e seguiam uma lógica oca sem conteúdo e sem conexão entre elas. Nico sentiu uma angústia e um aperto no peito. Foi quando viu que na poltrona ao lado, Lex, com os olhos frios, assistia também o que parecia ser um documentário ou uma retrospectiva da história recente do mundo ou algo assim. Certamente não era a história deles, não era o mundo deles. Isso só ficou claro para Nico quando viu as imagens da TV refletidas nos olhos de Lex. Ele tinha um olhar vazio de quem se descobre desterrado.

Angélica[3]

Nico ameaçou ir embora, mas Lex, saindo lentamente daquele estado de torpor, insistiu para que ele ficasse.

– Não vai não, dá um tempo aqui. Liga para casa e diz que vai ficar mais um pouco. Quero que me ajude a montar um carrinho de corrida; vou consertar uma *Ferrari* hoje. Vamos lá para o meu quarto.

Uma das paredes do quarto era coberta de estantes de vidro com carrinhos dos mais variados tipos e marcas: *Brabham BT*

19, *Lotus 49*, *Ferrari 156* e também carros esportivos. Na parede, pôsteres de grandes figuras das corridas de automóvel, como Jim Clark e Graham Hill[4].

Enquanto Lex consertava a roda solta da Ferrari, lustrava e organizava seus carrinhos um a um colocando-os nas estantes de vidro. Nico se recolheu num canto com uma prancheta e um lápis, e começou a rabiscar alguma coisa sobre a noite passada. As ideias vinham desordenadas, mas com persistência. Ele pensou na importância da fluidez na composição de qualquer grande obra de arte. E quando ela chega, o que parece estar no comando da mão humana não é o movimento da tentativa e o erro, mas algo próximo da dança ou da música. Seria bom se fosse possível viver no modo da fluidez. Olhando Lex assim tão concentrado, Nico pensou que Lex talvez vivesse nesse modo; a única pessoa que conhecia que poderia viver em plena fluidez. Ele mesmo, experimentava esse modo na poesia, quando as palavras se encadeiam e se sucediam umas às outras como uma correnteza, arrastando consigo todos os sentidos, e torna-se impossível corrigir o curso dessa corrente quando quem escreve já não está mais na direção do veículo. A pergunta que o ocupava: de onde elas vêm? De que fonte brota essa corrente de palavras translúcidas, com uma mobilidade tão natural, sem tropeços, sem impedimentos, sem pedra no caminho? Outra coisa: do que elas falam? Essas coisas grafadas parecem marcas de uma passagem, não mais elas, mas apenas seus vestígios: algo passou por aqui. Muitas pessoas escrevem aos solavancos, enfrentando impasses e obstáculos, lutando com palavras; são esses que devem ser chamados de artistas da palavra. Nico não se sentia assim, ele queria apenas fluir e deixar passar nesse fluxo coisas que o tomassem de surpresa, coisas que o maravilhassem.

– O que você está rabiscando aí, maluco? Não está me desenhando, está? - perguntou Lex.

– Não, estou tentando seguir um impulso e deixar as palavras me guiarem para onde quiserem.

– Escrita automática, não é o nome? - riu Lex.

– Não é bem o que eu estou fazendo, não gosto de nada assim

tão casual. Gosto de estar presente, de ser o veículo lúcido, testemunha atenta da mente. Fui levado, uma vez, quando criança, a uma sessão espírita, e lá, eu ouvi uns médiuns transmitirem coisas, como se fossem sonâmbulos, direto do além. Eles tinham essa fluência, sim, tinham a correnteza das palavras, mas tudo me pareceu cego; sem visão, e por isso, sem nenhum encanto. Pelo contrário, aquilo apenas me atemorizou; não é desse tipo de lugar de onde eu queria transmitir coisas.

– De onde você quer ouvir coisas, do céu ou do inferno?

– De um lugar desconhecido. Não do meu inconsciente, o meu inconsciente é só meu, nada que é meu me interessa. Talvez um inconsciente sem dono, sem assinatura, me interesse. Um inconsciente que não seja de almas e mentes, mas que exista realmente fora de nós.

– Isso ainda é efeito do *Wild Lotus*, *brother*? Está parecendo... - disse Lex enquanto polia a Ferrari dos seus sonhos.

Nico riu e disse:

– *Wild Lotus* é apenas um redimensionamento do que já aconteceu. Ele apenas dá outra dimensão aos acontecimentos, pelo menos foi o que eu senti quando viajei. Estou falando de outra coisa, de um movimento que acontece realmente e sem obstáculos. Entende?

– Deve ser como eu quero viver a minha vida -- disse Lex. Viver como quem surfa. É por isso que eu me amarro em carros de corrida porque me dão essa percepção concreta de como deixar a vida correr, veloz, sem quebra-molas.

– Será que essas duas coisas, a fluidez da poesia e a fluidez da vida, vêm do mesmo lugar? – perguntou para si mesmo, Nico. – Eu acho que sim – respondeu.

Lex

CAPÍTULO 3: 451

Try to set the night on fir(The Doors)

Jones era um prodígio. Desde cedo, já tinha visto todos os filmes, lido todos os livros e ouvido todos os discos. Seus pais, professores de literatura, surpreendiam-se com a eloquência e o conhecimento que ele acumulara, mas, mais que isso, com o modo como ele orquestrava tudo, fazendo ligações surpreendentes entre tudo o que tinha lido, visto e ouvido.

Desde criança, aprendera em casa a gostar de cinema, a frequentar cinematecas e exposições de arte. Aos quinze anos, já tinha uma pequena coluna de cinema no jornal local. Seus textos eram ininteligíveis para a maioria, mas eram capazes de provocar espanto e suspeita em alguns de que algo muito raro se passava com o garoto. Os pais tentavam, de todas as maneiras, trazer Jones para um diálogo com o mundo normal, mas era inútil. Ele manifestava desinteresse pelo que as pessoas comuns gostavam e faziam.

Uma noite, durante o jantar, o pai e a mãe conversavam sobre um tal filme recém-lançado de Godard. "Enfadonho", dizia a mãe, "Pretensioso", dizia o pai. Para o horror dos pais, Jones deu um soco na mesa: "Vocês são duas toupeiras, não se assiste Godard assim, querendo entender, juntando lé com cré: Pedestres-quadrúpedes, levantem a cabeça! Godard tem que ser visto como música, Vocês já aprenderam a ver música?"

Esse foi o primeiro surto de Jones. Em geral, ele era muito doce e afável, carinhoso. Incapaz de levantar a voz para ninguém, muito menos para os pais. Filho único, adorado por eles e tratado como um príncipe desde que nascera.

Os pais ficaram aturdidos com o comportamento do garoto. Depois de conversarem a sós, combinaram que o pai falaria com ele para tentar entender a causa daquela reação violenta e inesperada. O pai bateu na porta do quarto, entrou e encontrou Jones sentado à escrivaninha. Ele recebeu o pai com o seu costumeiro sorriso terno, levantando as sobrancelhas de modo interrogativo. O pai sentou-se na beira da cama e reproduziu o que havia acontecido durante o jantar. Jones ouviu tudo com muita atenção, mas não fez nenhum comentário, nem pediu desculpas, mantendo o semblante sério. O pai o observava, buscando encontrar na sua expressão, nos seus mínimos gestos, alguma chave para decifrar o enigma em que Jones havia se transformado da noite para o dia, mas foi uma tentativa inútil. O pai fechou a porta do quarto com a mesma cara desnorteada que entrara. Foi um choque para toda a família e os amigos quando Jones precisou se submeter a um tratamento psiquiátrico.

Aos treze anos, logo depois de iniciar o tratamento, Jones tentou o suicídio pela primeira vez. Os pais o socorreram, e os médicos o salvaram. Ele nunca conseguiu perdoar os pais e os médicos por isso. De algum modo, ele atribuiu à cultura livresca a incompreensão geral sobre as causas reais do que estava acontecendo com ele. Os pais interpretavam Jones como se ele fosse um texto literário – afinal, eram hermeneutas por profissão –, isso lhe dava agonia. Em um momento de lucidez, resolveu adotar o uso de placas de aviso na porta do quarto para preparar os pais em relação ao seu estado de espírito: uma delas era *Beware of the Dog*, quando ele estava no modo 5, o da ira canina; a outra, *Beware of the God*, era o modo 6, o do deus selvagem. Nesses dias, todo cuidado era pouco ao se aproximar dele.

Jones passou a sentir que todos aqueles livros na biblioteca da família pesavam em suas costas, embora tivesse sido por meio da leitura de Kafka e Rimbaud que ele se tornou avesso ao modo de vida literário. Do nada, ele começou a ter ataques de frio, um frio gelado que, por debaixo da porta, corria como um rio até a sua cama. No começo, cobria-se com cobertores, em pleno verão, e tiritava, batendo os dentes, como se tivesse febre, mas a sua temperatura era normal. Aquele frio que o perseguia dia e noite tinha uma procedência: vinha dos livros. Foi o que ele acabou descobrindo. Escrever para ele era um ato de fricção para a produção de calor. Quando se sentiu incapaz para executar esse ato de autodefesa, quando nenhuma frase ou palavra escrita lhe contentava ou aquecia, ele precisou buscar uma alternativa para amenizar seu sofrimento. Foi assim que, alguns dias depois de ter sido salvo da sua primeira tentativa de suicídio, resolveu aliviar seu frio e -- por que nao? – se vingar, não apenas dos médicos, mas de toda a tradição da qual os pais eram funcionários. Em uma noite gelada de verão, quando os seus pais dormiam o que ele chamava de "sono dogmático", Jones pôs fogo na biblioteca. Enquanto as chamas consumiam o aparato cultural e científico que, segundo sua visão, fazia dele um doente e congelava a sua alma, ele assistia ao incêndio com um suave sorriso de vitória. Foi daí, a partir do incêndio, que seu pai carinhosamente passou a chamá-lo de *Fahrenheit* ou simplesmente *451* em homenagem a Ray Bradbury e a Truffaut[5].

Nico

***

Depois da viagem na festa do Lex, Nico resolveu dar um tempo na sua pequena vida social. Trancou-se no quarto com seus livros e seu rádio ligado dia e noite na estação de música clássica.Tinha decidido que começaria a escrever poesia com afinco e dedicação. Ele possuía algumas ideias, algumas intuições, mas convivia também com a certeza de que não se fazia poesia com ideias e intuições. Precisava de algo que ele não sabia muito bem o que era.

Certa manhã, com a cara enfiada no travesseiro, sentiu que a porta do seu quarto estava sendo ligeiramente forçada. Por uma fresta viu passar uma mão em uma luva preta de couro. Nico arregalou os olhos e, em seguida, viu a cabeça de Jones passar pela abertura da porta. Tinha os cabelos presos dentro de um quepe militar verde escuro. Ostentava aquele olhar atônito grau 5: o da ira justa. Nico se ajeitou na cama e perguntou:

— O que está fazendo aqui?

— Me deixaram entrar, um absurdo, não é?

— Como descobriu onde moro?

— Ouço vozes, ainda não contaram isso para você?

Nico tentou tratar a visita como algo corriqueiro.

— Está precisando de alguma coisa, Jones?

Ele olhou em volta e viu na estante um livro semiaberto: *Olhai Os Lírios do Campo*. Ele agarrou o livro e vociferou: "O que essa merda faz aqui?" Era o livro para o trabalho da escola, mas Jones não queria ouvir.

— Precisamos queimá-lo já. Papai não me batizou de Fahrenheit à toa. Eu queimo livros, mas não todos, só os livros nocivos, livros que nos rebaixam, livros que nos fazem adoecer. Você sabe que 451 é a temperatura em que o papel entra em combustão? É o meu número da sorte.

— Pelo amor de Deus, Jones, esse livro é inofensivo. Água com açúcar.

— Preciso fazer uma confissão, Nico. Não se engane comigo: a minha presença perverte tudo o que toca. Minha natureza é má. Só não sou pior porque sou sentimental. Choro quando vejo crianças de uniforme marchando nas paradas, você me entende? Tenho um coração de manteiga e uma mente criminosa. A sorte da humanidade é que sou suicida.

Nico levantou a cabeça e exclamou: como assim, suicida!?

— Ninguém conta nada a você, não é? Tentei me matar muitas vezes, já perdi a conta, cinco ou seis. Os canalhas me salvaram. Mas, por favor, não me olhe assim. Eu não estou doente, meu amigo, nem isso é uma escolha minha; essas coisas vem como a chuva. Eu tenho apenas uma alma danificada. De mim, sobrou somente esse meu corpo imprestável.

Nico, tentava, incomodado com a situação, mudar de assunto:

— Por que essa roupa? Está disfarçado de quê?

Jones tirou o quepe e deixou cair os cabelos nos ombros.

— Vim aqui para salvar você de você mesmo e lhe ensinar a conseguir tudo o que você quer. Em apenas uma frase: mudar seu olhar sobre a poesia.

— Você não conhece o meu olhar sobre a poesia, nem eu que sou eu conheço... Não sabe do que está falando. Mas talvez você esteja certo, por acaso, em outro sentido: talvez eu não tenha talento, não tenha o fôlego do grande artista, eu mesmo suspeito que eu seja um impostor embora saiba que isso não me impediria de fazer sucesso. Isso me angustia. Sinto que posso viver uma vida falsa com muito prestígio. Descobri muito cedo que a literatura ou qualquer outra arte, que dá fama e poder, não é coisa difícil de se fazer. É uma questão de dedicação, astúcia e enciclopédia. O que distingue um artista verdadeiro de um impostor é o talento.

Jones jogou a cabeça e os cabelos para trás em uma das suas famosas gargalhadas sem som. A seguir, fez uma expressão de criança triste e, subitamente, deu um salto para o centro do quarto e começou a declamar:

Esta palavra será
Como o cometa
Que não se repete
Que só comete o risco
Como o pólen das flores voa
Não por cópula
Mas púrpura ereção

— Quem mostrou isso para você? Nico gritou pulando da cama. Devolve meu texto!

Jones batia levemente com o dedo indicador na testa e dizia rindo: está tudo aqui.

— Quem lhe mostrou?

— Angélica.

— Pedi para ela não mostrar isso a ninguém.

— Ela me mostrou porque achou lindinho - disse ele com um riso infantil. Ela é tão pura, Níquelzinho, uma santinha. E você, sabe o que você é? Você é um lírico. Lirismo é como licor, me enjoa...

Nico resolveu se defender:

— Se você não gosta do que eu escrevo, veio fazer o que aqui? Veio me humilhar, é?

— Na verdade, embora esteja tudo errado com você, estou aqui porque reconheci logo que era você que poderia levar adiante meu plano de revolucionar a poesia. Mas Isso que você faz hoje é romantismo alemão podre de velho. Você faz demonstração de talento, não é isso? Isso é ridículo. Talento é um blefe. Arte digna desse nome não se faz com talento, mas com a tenacidade de uma alma selvagem. Talento é para pobres de espírito. Rimbaud não tinha talento, é um insulto chamá-lo de talentoso. Ele fez da alma um holofote, um farol. Ele iluminou tudo com o seu próprio fogo. Quando me falam em dom, meu estômago se revolta. Com um dom, só é possível reproduzir o que já foi criado. A criação verdadeira é feita pela autocombustão. Atenção! Isso nada tem a ver com psicanálise, não me venha com Édipo e essas baboseiras. Já queimei as obras completas de Sigmund Freud do papai e da mamãe. Mas não queimei tudo, salvei muita coisa boa, posso dizer que eu e Max Brod salvamos Kafka, o incendiário. Seria um sacrilégio queimá-lo.

— 'Ah, Fahrenheit! Entendo melhor agora o seu apelido, disse Nico rindo sem muito ânimo. Por que você se dedica a morrer e não a criar uma obra incandescente?

— Você tem razão, só eu mesmo poderia fazer uma obra com tal voltagem, eu sei disso, mas minha alma ficou defeituosa, ela não arde mais, não queima mais, virou cinza molhada. Desde criança eu me preparei para a criação de uma coisa jamais vista, algo assim como Cidadão Kane.

— Kane é um prodígio de técnica e talento, não?

— Os aspectos técnicos de Kane são secundários e menores, Welles não era talentoso, era desbravador, era um pirata do espírito. Mas voltando a mim, para o seu deleite, vou contar o que aconteceu comigo. Tudo começou com uma pequena infiltração, uma pequena rachadura no meu teto interior por onde minava uma umidade que com o tempo começou a gotejar. Dia e noite, pingando, pingando como um relógio de água. Vivo nesse tormento desde então. Vazando, gotejando, me apagando, qualquer chama que brota em mim logo se apaga. Tentei muitas vezes fechar esse vazamento, mas parece que faz parte da estrutura do edifício - disse com um jeito amargo. Essa foi a minha história: eu fiz da minha saúde a minha moeda de troca e desperdicei tudo o que eu tinha. Nunca me senti um artista divino quando jovem, desde cedo me senti o artista quando cachorro. E fui tomado por pesadelos terríveis que me deixavam próximo da morte. A cada manhã eu precisava ser ressuscitado, mas os pesadelos mais tristes permaneciam na vigília. Fui sendo assim amadurecido para a morte, minha mente foi sitiada, e eu passei a escavar a terra para ver se conseguia libertar minha alma. Foi quando eu descobri que minha maldição viera a mim na forma de um belíssimo pôr do sol. Daí para frente, o que era felicidade virou ruína, meus arrependimentos, de repente viraram vermes: e logo percebi que a minha vida seria desgovernada demais para eu me dedicar à força da beleza. Desisti da grande obra por uma incapacidade adquirida. Estou aqui então para lhe passar o bastão - disse e estendeu o braço que segurava o seu indefectível e inseparável guarda-chuva. Mas para isso você tem que rasgar essas coisas piegas e cheias de iscas para os medíocres. Você precisa dedicar vinte e quatro horas do dia à extração do que há na cavidade mais profunda da sua alma. Ignore os especialistas, não sabem o que falam. Ignore os leitores, eles não sabem o que querem. Lembre-se de Ésquilo, lembre-se de Kafka. Ele queimou 90% do que escreveu, teria queimado 100% se não fosse traído. Queimou porque escreveu para si mesmo, ele já tinha absorvido tudo que tinha descoberto. E qual o seu ensinamento? As palavras não estão aqui para que você as leve para pastar, estão aqui para serem cavalgadas até os limites do mundo.

— Jones, meu caro, se eu fizer o que você me pede, se eu colocar toda a minha energia criadora nisso aí, corro o risco de me tornar isso que mais me ameaça: um embuste.

— Ah, você teme ser um impostor, ouve a voz da ironia na sua cabeça, não é? Quer se livrar desse demônio? Mergulhe no seu mar interno. Nenhuma ironia sobrevive a esse mergulho.

— Nico retrucou: Jones, isso é um delírio metafísico: ah, a profundidade! A profundidade!

— Nico, preste a atenção: não existe artista verdadeiro que não se ofereça em sacrifício a um deus oculto.

— Bem, agora, Jones, você desceu obscurantismo abaixo.

Jones fechou os olhos, respirou fundo e saiu irritado, batendo a porta. Não sem antes levar com ele todos os comprimidos que ele encontrou no armário do banheiro da família. Em cima da escrivaninha deixou um envelope *Para Níquel*. Dentro, havia um texto escrito à mão com aquela sua letrinha mínima e emaranhada:

A gente mastiga, mastiga esse presente, mas nunca o engole e, se engole, não o digere. Ele retorna a boca e a gente cospe fora, mas ele renasce na saliva. E a gente mastiga, mastiga e mastiga. A razão de tudo isso é simples: nós nascemos tarde demais para o passado e cedo demais para o futuro.

***

Ele entrou pela janela do banheiro, saltou para a bancada e sem fazer o menor barulho, com seus passinhos de veludo, saiu do banheiro para o corredor. A porta do quarto do Jones estava apenas encostada. Ele empurrou a porta com a patinha e foi direto para cama, onde Jones dormia um sono sacudido por pesadelos. O gatinho aninhou-se bem debaixo do queixo, acomodando-se perfeitamente em volta do pescoço de Jones. O leve ronronar do bichinho não o acordou, mas tornou seu sono menos agitado. De manhã, Jones encontrou junto ao seu corpo aquele doce felino que o escolhera e que, dali por diante, o acompanharia até o fim dos poucos anos de vida que lhe restavam. Resolveu que ele se chamaria Verlaine. E foi Verlaine quem tornou a sua vida suportável por um bom tempo. Jones conversava com ele, acreditava que ouvia seus conselhos, lia poesia para ele e, aos poucos, Verlaine se tornou seu fiel amigo e confidente. Como o gatinho era, segundo ele, um visionário, Jones se sentia sob sua guarda e orientação.

Quando estava angustiado a ponto de tremer ou apático a ponto de quase não respirar, o Verlaine vinha com aquele passinho macio e se aconchegava a ele. Empurrava seu pequeno corpo contra o dele, e buscava o seu olhar, como se quisesse buscar a atenção de Jones para ele. Forçava Jones a vir para o lado de fora, acariciava-o com o corpo, lambia docemente as suas mãos magras e brancas. Vez por outra, dava pequenas mordidas no queixo dele, como se quisesse tirá-lo daquela estado de apatia. E, algumas vezes, conseguia. Jones via que Verlaine o olhava do fundo da alma, e era um olhar de profunda compreensão e cumplicidade. Eles ficavam assim juntos horas, abraçados, ou Verlaine meramente andava sobre o corpo dele. Nenhum ser humano chegou nem perto do que Verlaine era capaz de fazer para aliviar a dor de Jones. Verlaine fazia isso porque, de algum modo, entendia o que estava se passando com Jones. E tomado pela solidariedade intuitiva dos felinos, fazia todo esforço possível para tirá-lo da crise. Verlaine parecia temer pela vida de Jones. Sabia do risco que ele corria e sofria junto com ele ao ver que havia algo de incurável naquele sofrimento. A única coisa que um gato como ele podia fazer era deitar-se junto a ele, passar um pouco do seu calor para o corpo aflito do pobre rapaz e tentar niná-lo ronronando.

Jones Fahrenheit & Verlain

CAPÍTULO 4: CIRCE

I am the walrus (Lennon/McCartney)

Nico não se lembrava como tinha chegado lá. Lex falava sempre de um tal palácio abandonado no alto de uma colina perto da casa dele. Na verdade, o prédio, há muito depredado, parecia uma imitação de um palácio de contos de fadas que alguém construiu e não se sabe por que foi abandonado. Havia ratos e baratas no pátio de entrada. Os dois subiram a escada para o segundo andar e depararam com uma vista panorâmica da cidade. Lex contava que viciados de todos os tipos se reuniam no palácio em ruínas para se drogar na santa paz. Não havia móveis lá dentro, apenas uns cobertores jogados em um canto, restos de comida, paredes cheias de grafites, pichações e sujeira. Uma abóbada de vidro dava, entretanto, ao lugar certa graça e um ar de transcendência, um ar de igreja gótica.

Nico olhou para o alto e a luz amarelada do crepúsculo fazia com que os vidros transparentes luzissem como um vitral. Quando desceu os olhos viu de relance uma sombra, um espectro, do lado de fora da sala, na sacada em meia lua que adornava o palácio. Ele estranhou a figura e acenou para Lex apontando para fora. Lex foi na direção da pessoa que apoiava as duas mãos no guarda corpo. Quando estava a alguns passos dela, ela se virou para ele como se tivesse antecipado o encontro. Era uma mulher idosa, com cabelos grisalhos presos em um coque, vestida com roupas escuras e gastas. Não parecia estar ali inteira, tinha um olhar vago, lembrava uma daquelas drogadas que vez por outra passavam por ali. Estava contra a luz do sol poente por isso não se via com nitidez o seu rosto. Mas ela parecia sorrir distraída com algum pensamento que lhe ocorrera.

Educadamente, perguntou se preferiam que ela fosse embora. Eles fizeram que não com a cabeça. Ela dirigiu-se então ao canto da sala onde havia uma mochila jogada e ali mesmo sentou-se no chão.

Visível, via-se que não era tão velha nem desprovida de um vago e antigo encanto. Tinha um quê de refinamento que contrastava com suas roupas surradas. Os olhos eram claros mas na moldura dos cabelos grisalhos tornavam-se prateados. Usava uma calça preta desgastada, um xale sobre uma camiseta também escura e sapatos masculinos de couro preto com cadarço. Eles poderiam ficar ali olhando para ela durante horas, mas envergonhados da própria curiosidade caminharam até a sacada. Lex acendeu um cigarro e olhou para Nico com um sorriso de "olha só que figura mais esquisita".

Em um impulso, Nico dirigiu-se até ela. Posso saber o seu nome? Ela tirou os olhos do livro amarelado e amassado e disse com desânimo: Ulah.

– Posso perguntar sobre o livro?

– Ela o olhou com curiosidade e ele observou alguns outros livros jogados ao redor, alguns chamaram a atenção dele: *O Despertar dos Mágicos*, um livro de Cassandra Rios, *A Serpente e a Flor*, e *América* de Kafka.

– Este livrinho aqui foi o último que publiquei – disse ela segurando um pequeno livro – , trata-se de um resumo de um romance que não tive tempo de escrever.

– Então você é uma escritora? Lex se aproximou. Qual é o título? Ela mostrou a capa vermelha onde se podia ler em letras brancas, agora amareladas, UPHARSIN.

– Qual é o assunto?

– Relato de uma prisioneira. Como eu já disse, é um resumo apenas. Essa mulher foi aprisionada até a morte em um lugar de difícil acesso não se sabe por quem nem por quê, e escrever era a única atividade que lhe era permitido executar.

– E que título é esse, é o nome dela?

Ulah deu uma risada que se abriu como uma janela para uma paisagem. Através dela, era possível vislumbrar que, em algum momento, sua vida tinha sido alegre, e ela, jovem e amada por alguém. Lex percebeu, no fundo daquele sorriso solar, a ausência incômoda de um dente. Aquilo o fez pensar que, talvez, ela tivesse sido cobrada pelo acaso de ter sido feliz por alguns breves momentos.

– Acho que não vou poder falar sobre esse título. Essa palavra encontra-se no livro 5 de Daniel – precisamente em 25-31. Portanto, uma passagem bíblica muito conhecida. Foi uma das palavras que apareceram na parede para Belsazar, o rei da Babilônia. Daniel acabou dando uma interpretação para elas, mas ninguém, nem mesmo ele, poderia saber o real significado delas.[6] Por isso escolhi uma dessas palavras para nomear o diário dessa mulher esquecida do mundo. Não há como dar significado a esse diário, se é que é possível dar significado a alguma coisa nesta vida.

Lex tossiu como quem pede a palavra:

– Esse seu desconsolo, esse ceticismo não combina com você. Quem escreve alguma coisa assim, não pode achar que nada faz sentido. Escrever já é um ato de significação, não?

– Não sou desconsolada, muito menos cética, meu jovem. Sou, do meu jeito, uma desafiante. Talvez por isso não tenha escrito obras acabadas mas apenas resumos, sinopses, esquemas, planejamentos, esboços. Várias delas publicadas, algumas até com relativo sucesso, outras premiadas. Respondendo, enfim, a sua pergunta, eu tenho uma vida reticente demais, escassa demais, não sobra nada nela que me permita matar a fome de sentido do mundo. Ocupei-me com os sons das cores, como Rimbaud com a cor das vogais. Rimbaud julgava que o A é preto, o E, branco, o I, vermelho, o O, azul e o U, verde. Vê só o equívoco dele, ele tentava resolver o problema da linguagem pela pintura, como se fosse um problema que se resolvesse visualmente. Eu fui além e mais fundo, quis impor aos fonemas e sílabas uma lei única, mas não pela ótica, pelo olho, mas pela via auricular. Criar um ritmo que viesse nas entranhas da noite, das entranhas dos instintos. Foi uma longa e exaustiva pesquisa que me levou aos confins da terra conhecida e da razão humana. Eu pude assim grafar o que está mergulhado na mudez, grafar as estrelas e a escuridão mais densa, enfim, eu me dei a incumbência de fixar não apenas as vertigens, como era o sonho de Rimbaud, mas de dizer o indizível, de sondar o rumor do insondável. Mesmo que para isso liberasse nas palavras o seu poder secreto mais extremo, o poder de matar.

– Que isso, minha senhora? - exclamou Nico.

– Foi o que aprendi com os ensinamentos dos Incas e com um americano no México: a força mais escondida e profunda das palavras permanece incógnita. E se você não entende a linguagem, como pode criar com palavras qualquer coisa de valor? As palavras, sim, as palavras podem ter um poder letal, se ditas em uma ordem determinada de fonemas, numa sequência rítmica específica, com as vogais exatas e as consoantes exatas, elas compõem uma fórmula que pode ser um vírus mortal. Se isso é possível, tudo é possível, tudo é permitido. A verdade é que cada indivíduo tem os seus limites sobre o que pode ou não ouvir. A vida humana é mantida no âmbito do que é suportável para uma criatura entre criaturas ouvir. O que pode uma criatura entre criaturas ouvir? - eis a questão.

– A senhora está querendo dizer que há coisas que não gostamos de ouvir, coisas que nos irritam, que nos desconcertam, que nos magoam? Sinceramente, a senhora acha isso uma novidade? - perguntou Lex

– Em primeiro lugar, nada de senhora para lá, senhora para cá. Não existem pronomes de tratamento corretos para um ser como eu. Não sou um ser do fino trato, rapazinhos, sou um ser do distrato. Duvidam de que eu digo uma novidade? Não, novidade não é. O que é ancestral não pode ser novo. Vocês são obcecados pelo novo, essa doença que é o novo, correm como cachorrinhos de madame para lamber os pés do que lhes parece novo. Mas o novo é apenas o que não foi realizado no leque dos possíveis de um passado qualquer, o leque que a deusa Gaia usa para se abanar em dias quentes como este de hoje. Sim, é evidente que existe esse aspecto superficial e desinteressante das coisas que podem ser ditas - não nego isso. Existem coisas irritantes, coisas desconcertantes, coisas que magoam, mas estou descendo com vocês para alguns degraus abaixo. O que digo é que nós somos o que somos pelo que faz sentido para nós, esse mundo pelo qual nós nos vemos, nos reconhecemos é um mundo feito de ruídos e sentidos, mas por baixo desses ruídos e sentidos, existe uma fórmula amarrando e unificando esse disparate todo em uma ordem, digamos assim, cósmica. Não se sabe exatamente como uma vida ganha sentido e ruído, algumas pessoas contraem esse vírus por meio de sonhos e pesadelos, outras por eventos traumatizantes. outras por um prazer demasiado intenso, mas o fato é que essa chave não está na mão de ninguém, está disponível apenas a quem se dedica a buscá-la, sondar sílabas, ritmos, silêncios, intervalos, cadências e descobrir quais ruídos são esses que amarram uma vida fazendo dela a bolha em que se vive. Tudo é ruído, meu belos jovens, tudo é ruído. O som, a fúria, o idiota, o aleph, hamlet, tudo isso não passa de um ruidoso nada. Se vocês descobrirem a fórmula de que estou falando, podem matar alguém, cochichando no seu ouvido apenas uma frasezinha - Ulah disse isso com um sorriso irônico, tentando adivinhar a reação dos rapazes.

– Não apenas qualquer pessoa está submetida a essa força secreta da linguagem - disse, retomando o fôlego - , mas também a humanidade, pois ela também vive na sua grande bolha de ruído e sentido. Basta proferir a frase exata, a senha, em alto e bom som pelos alto-falantes do mundo para que como sob o efeito de mil bombas atômicas a raça humana faça *bang*!

Nico ficou pensando em como tudo aquilo de algum modo ecoava suas conversas com Fahrenheit sobre a poesia e a arte e – mais profundamente – em algo enraizado em sua memória, algo que se recusava a se pronunciar. Esse pensamento fez ele sentir um arrepio de medo e excitação. Se persistisse nele o ardor de ser poeta, ele já sabia para onde poderia levar a poesia.

Ulah não deixou de notar o olhar intrigado de Lex para os seus sapatos gastos de couro preto. "Pertenciam a um desbravador"", disse ela com os olhos nos próprios pés.
– Estive no México, quando um dos meus livros fez relativo sucesso por lá. E foi lá que conheci um sujeito americano que me vendeu esses sapatos. Segundo ele, Malcolm Lowry [7]tinha caído de bêbado numa vala, num beco escuro, e um ladrão retirou seus sapatos para vendê-los. Lowry calçava 40, eles ficam um pouco largos mas são confortáveis para mim que calço 39, mas esse americano, de nome   Bill, colecionava esse tipo de relíquias e muitas outras coisas também. Ele me fez descobrir que isso que eu chamava de talento, e que trago junto comigo, é um hóspede silencioso que contraí, sem me dar conta, por uma via secreta. Na realidade, foi em uma experiência sexual extrema com

uma mulher que me iniciou no safismo (não posso entrar em detalhes com vocês, meus doces rapazes, sobre essa experiência desnorteante porque considero que ela seja uma das muitas prerrogativas exclusivas do mundo feminino, os homens jamais serão incluídos nessa seara, mesmo se derem as costas para o seu próprio gênero. Voltando ao meu talento, foi por causa do que Bill me fez ver, aliado à minha iniciação nos mistérios do Incas, que eu passei de turista literata para andarilha forasteira. Eu e Rimbaud saímos pelo mundo deixando para trás e para outrem a tarefa do desregramento de todos os sentidos. Rimbaud, que se autodenominava um "poeticida", abandonou a poesia aos vinte anos e terminou a vida como comerciante de armas na Etiópia e eu, vocês já sabem. Não me perguntem o porquê.

Nessa altura, o sol já havia se posto e eles estavam sentados no chão no formato de um triângulo. Ela perguntou se tinham fogo e retirou um maço de cigarros e uma vela da mochila de lona verde. Eles lhe entregaram um isqueiro, e ela acendeu uma grossa vela azul, colocando-a no chão, bem no centro do triângulo.
– Você vai nos contar sobre as outras palavras do Daniel, não vai?
– Ah, não! Isso seria arruinar a noite e ameaçar o dia seguinte. Eram quatro palavras ao todo, e o seu significado real é algo extremamente perigoso para ser tratado aqui. Melhor não saber. Estamos falando de infecções geradas pela linguagem. E isso não é de agora, mas desde que surgimos nesse planeta para o azar dele; nós somos uma infecção cósmica.
Mas as quatro palavras são do Aramaico e têm um sentido que escapou ao próprio Daniel. Na verdade, ele as instrumentalizou por conveniência. Decifrou-as como bem quis para obter o que queria, isto é, os favores do monarca. Portanto, ficamos na ignorância do sentido original delas. Mas resta-nos o benefício de não podermos ouvir o som dessas palavras, suas sílabas e a sua música implícita na sequência de breves e longas, o que seria tremendamente contagioso para nós.
– Seu nome é mesmo Ulah? Na capa do livro está Juan Navarro -

observou Lex.

– Sim, meu pseudônimo é Juan Navarro, entre tantos pseudônimos que já usei. Meu nome verdadeiro eu perdi no caminho há muito tempo. Tive muitos nomes nesse percurso. Agora, chamam-me de Ulah Melusina. Mas, por favor, por causa disso, não me joguem na vala comum do esoterismo ou da literatura instituída. Só a sub-literatura nos salva. É só o que eu posso dizer para vocês.

– Conte-nos pelo menos a sua iniciação na tradição Inca.

– Eu estive em Lima, no Peru, no Primeiro Congresso de Poesia e Literatura Preclusas - naquela época eu ainda tinha registro nos arquivos - e lá conheci um antropólogo que me levou a uma cerimônia inca recriada a partir de relatos orais. Foi um ritual estarrecedor daqueles que recolhem e revelam mensagens nas garrafas que boiam nos nossos rios internos, traduções em palavras de ruídos e grunhidos entranhados na profundidade das coisas. Ali, no meio daquelas criaturas de exceção, eu vi pessoas arrancando com as mãos a própria pele, os olhos da cara, cuspindo fora a própria língua. Não se trata de nada sobrenatural, meus jovens, pelo contrário, trata-se da nossa natureza autêntica. Daquele momento em diante, eu abandonei completamente o engano e o perigo que a literatura esconde. Mesmo esses meus resuminhos ridículos, pareceram-me tolos e inúteis depois da iniciação. Descobri que a mulher encarcerada de *Upharsin* era eu e que minha ânsia mais profunda não era apenas escapar da prisão, mas desaparecer de vez. Resolvi viajar por aí, sem contribuir em nada com esse estado de dormência do mundo. Ser apenas uma sombra, passar sobre as coisas sem deixar vestígios – esse passou a ser o meu ideal de vida. Infelizmente, nada disso, no entanto, impede que o que eu carrego dentro de mim afete os ambientes em que eu circulo. Estava por perto quando muitas coisas terríveis aconteceram por aí. Não posso mencioná-las todas, mas estive com a Clarice Lispector na tarde do dia do incêndio no seu quarto[8]. Ela me convidou para uma conversa, queria falar sobre *Upharsin*, trocamos ideias vagas sobre a literatura e acabei por deixar, a contragosto, o meu livro com ela. Não sem antes pedir que ela tomasse cuidado com aquela leitura, que não lesse aquele livro em voz alta em hipótese alguma. A causa do incêndio, segundo consta, pelo que li nos jornais, foi que ela dormiu com o cigarro aceso. É melhor que pensem assim. Mas sinto-me terrivelmente culpada até hoje.

De repente, barulhos vindos dos cômodos internos do palácio chamaram a atenção dos rapazes. Uns grunhidos e uns passos que não pareciam humanos, passos de muitos pés, de pés com cascos, e um tipo de respiração ofegante animalesca. Lex se levantou lentamente, mas Ulah, percebendo o início de uma debandada, tentou acalmá-los.

– Eles não fazem mal a ninguém, são dóceis, estão comigo, eles eram como vocês, e vocês um dia serão como eles. Para estimulá-los a ficar, vou tentar encantá-los com um pouco da minha arte verbal ancestral e viva. Vou ler para vocês um trecho do meu livro em voz alta. São palavras que precisam do som para fazerem sentido. A palavra escrita é como um corpo morto sem alma, o sopro da voz ressuscita os imemoriais arquétipos e a palavra ganha vida e força de ação.

De um salto, Nico levantou-se também e foram os dois caminhando na direção da escada, a princípio lentamente, mas depois, quando perceberam que ela os seguia como uma sonâmbula e não apenas ela, mas as numerosas patas ruidosas, eles adiantaram o passo e descerem as escadas em uma corrida desembalada. Atrás deles, o eco da voz de Ulah, era o de um chamado em forma de um lamento triste.

– Oh, meus pobres e queridos meninos, não me deixem, nao. Oh, que linda oportunidade eles perderam...

Quando chegaram do lado de fora, ofegantes e aliviados, continuaram a andar em passadas largas sem olharem para trás. Ouviram apenas um gongo tocar e reverberar. Uma reverberação que continuou nas suas mentes como um sinal do que havia de excessivo naquele encontro.

Ulah Melusina

DOMÊNICO X

CAPÍTULO 5: REVOLUTION

Number 9 Number 9 Number 9 (Lennon/McCartney)

Dias e dias depois do encontro com Ulah, Nico ainda estava trancafiado no quarto, ouvindo a Rádio MEC noite e dia, sempre com uma fita cassete pronta para gravar uma música ansiosamente esperada. Uma tarde, enfim, o locutor anunciou o Adagio in G Minor de Albinoni. Nico apertou o REC com nervosismo. Quando a música começou, ele foi catapultado para o alto e ficou como que suspenso no ar. O adágio fazia com que, mesmo deitado, ele se sentisse flutuando sobre tudo, e assim permaneceu até que a música chegasse ao fim. Na sequência, começou o que parecia ser uma sinfonia. Era uma marcha fúnebre que, à medida que avançava, ia se distorcendo lentamente até se tornar um som dissonante. Um feixe de sons em ondas que pareciam ter o poder de atrair qualquer som e que trazia embutido no seu miolo o fantasma de uma voz humana rouca e metálica. Essa voz se expandia dentro do feixe de sons, perfeitamente integrada à música. Uma voz hospedeira, que sugava como uma planta carnívora toda a seiva dos violinos, dos cellos, das flautas, dos címbalos, mas mantinha uma cadência e um ritmo que continha algo que estava sendo pronunciado por ela. Um hauakrhmarhkmurrmass. Nico foi lançado no vórtice de um pesadelo frequente da sua infância, que repetia uma sombra de palavras semelhantes, com o tom de um aviso, de uma advertência. Antes que sucumbisse ou fosse tragado pelo som, ele deu um salto, abriu a porta e saiu correndo pelas ruas, desembalado, com a cadência tocando sem parar na sua cabeça. O rádio tinha ficado para trás, mas a música o perseguiu pelas ruas. As árvores, o voo dos pássaros, a buzina do carro — tudo era absorvido e sugado pela sombra ruidosa de algumas sílabas malignas. Sua corrida o levou para perto do mar, onde encontrou um banco. Deitou-se com as mãos nos ouvidos e os olhos fechados, e ficou assim até que as ondas, pouco a pouco, superaram aquela cadência infernal. A sombra ruidosa foi se apagando e se perdendo nos ruídos banais do final do dia, até que Nico passou a ouvir o som relaxante das ondas do mar quebrando mansamente perto dele.

Ao voltar para casa, ainda trêmulo e temeroso de recuperar mentalmente a sequência do vírus sonoro, ele tirou cuidadosamente a fita cassete do rádio, colocou-a em um plástico, embalou-a em um envelope de papel pardo e escreveu *vírus* em letras de forma com caneta vermelha. Enfiou o embrulho no fundo mais fundo de uma gaveta e passou a chave.

***

Era um dia frio de junho, uma daquelas manhãs em que ninguém quer sair da cama. Angélica entrou no quarto de Nico sem bater ou chamar, trazendo o *Álbum Branco* dos Beatles debaixo do braço. Nico estava todo enrolado em cobertores, dormindo profundamente, e já passava das 12h.

— Acorda, Nico.

Ele fingiu não ouvir. Ela o sacudiu. Nada.

— Vou puxar suas cobertas!

— Para com isso, estou morto de sono. Não dormi a noite inteira, minha cabeça não descansa. Me deixa dormir, não tem nada melhor que isso para eu fazer.

— Deixa de ser preguiçoso. Tem uma coisa bem melhor, sim. Eu trouxe comigo. Estou toda molhada de chuva. Tem uma toalha por aqui?

Ele apontou para a porta do banheiro sem tirar o rosto do

travesseiro.

— Adoro chuva — disse ela, enxugando os cabelos com a toalha. Deitou-se na cama ao lado, jogou o *Álbum Branco* em cima dele e pediu: — Coloca aí *Revolution 9*.

— Não, isso não. Ninguém aguenta ouvir isso.

— Eu vou explicar, e você vai querer ouvir: é que ontem eu estava com a Carola escutando discos, e tocamos *Revolution 9* de trás para frente e ouvimos nitidamente, mais de uma vez, uma voz dizer: *Paul is dead*. Paul está morto, Nico. Não era uma voz sinistra, era uma voz normal que parecia estar contando um segredo. Nós ficamos enlouquecidas porque é verdade mesmo, Nico, Paul está morto. Eles colocaram lá um sósia para manter os Beatles. Olha a capa do *Sgt. Pepper's*, aquilo é o túmulo. Está tudo ali, mas faltava essa comprovação final. Vamos ouvir?

Nico estava deitado de costas para ela, virado para a parede. Abriu os olhos abruptamente e fixou o seu olhar na parede à sua frente. Aquilo soava como uma piada de mau gosto. Um escárnio. Há uma semana, ele tinha vivido um tormento terrível que quase roubara a sua sanidade, e agora vinha essa besteira tornar a sua experiência mais dolorosa em algo próximo do ridículo. Ele sequer podia explicar isso para a Angélica – na verdade, não podia explicar para ninguém. Era a coisa mais íntima, secreta e terrível que tinha vivido. Algo enraizado nele bem antes de ele ter consciência plena disso. Ele não queria vulgarizá-la assim, nem queria tocar nesse nervo exposto da sua vida mental, nem correr o risco de despertar o animal venenoso que dormia dentro dele.

— Ah, não, Angélica, essa história de novo, não. O Lex já brigou com você por isso, agora você vem aqui com essa piração para cima de mim?

— Nico, isso não é uma maluquice. Eu ouvi, e muitas pessoas já ouviram. Você nunca teve nenhuma experiência com coisas que você não consegue explicar?

Lex abriu a porta e disse:

— O que está acontecendo aqui?

— Ela está aqui me torturando com *Revolution 9* — respondeu

Nico, ainda enrolado nas cobertas.

— Angélica, você tomou o quê? É muito cedo...

— Não é nada disso, vim trazer um pouco de cultura pop para ele, e ele a rejeita. Vou procurar Jones então.

— Eu chamei o Jones para vir para cá, ele deve estar vindo, marquei com ele aqui — disse Lex, jogando-se na cama da Angélica.

— Não posso estar ouvindo isso. Vocês estão marcando coisas no meu quarto, e eu estou morrendo de sono. Não vou sair da cama hoje por nada deste mundo.

— Levanta logo, Nico, vamos todos ao cinema na primeira sessão. Está estreando *A Busca da Onda Perfeita*. Vamos assistir duas sessões, é só a gente se esconder no banheiro.

O telefone tocou. Nico atendeu:

— Jones está avisando que não vem. Nem eu vou sair da cama para ver filme de surf. Vão vocês dois — disse Nico em pé, ainda enrolado nas cobertas.

— Não! – disse Lex, sorrindo com aquele jeito tão característico de negar com um sorriso que parecia dizer "sim". Era parte do seu charme. Para enfatizar o "não", ele intensificava o sorriso, como se a contradição entre as palavras e a expressão fosse proposital. E quando era um "não, nunca", a frase vinha acompanhada de uma gargalhada, como se a própria seriedade da negação fosse motivo de diversão.

Mas Nico não se deixou levar. Lex e Angélica resolveram não insistir e foram embora para o cinema. Nico ligou a Rádio MEC e voltou para a cama feliz da vida. Voltou a dormir pesado e teve o seguinte sonho: *Ele* (que ora parecia ser Lex, ora Jones) estava do outro lado de um rio. Nico tentava trazê-lo para o lado em que ele estava. Estendia a mão e pedia que *ele* estendesse a dele. *Ele* não parecia ouvir o pedido. Ou ouvia e não compreendia o que estava ouvindo, ou não achava possível executar o ato. De repente, uma densa bruma começou a subir das águas do rio, e Nico se desesperou vendo que *ele* se perderia para sempre. Resolveu então gritar a plenos pulmões: — Estende a mão, estende a mão! — e viu que *ele*, do outro lado, começou a mover o braço lentamente na sua direção. Com todas as suas forças, Nico esticou o máximo que podia o braço, dobrou seu corpo mantendo apenas as pontas dos pés na beira do rio para tentar alcançar a mão dele, e foi então que as pontas dos dedos dos dois se encontraram no alto, acima do rio. Os dedos *dele* eram frios, quase gelados, mas continham algum tipo de carga elétrica que o fez tremer, como se recebesse um pequeno choque. E a seguir, *ele* se distanciou como que levado por um carro em movimento. Nico correu pelas margens do rio como quem tenta acompanhar um trem e viu *ele* a um passo da janela, como em uma vitrine, sua fisionomia era a mesma, mas a expressão era de uma melancolia conformada. Nico gritou: — Acorda, acorda, acorda para mim! — e despertou do sonho, sentou-se na cama com o coração aos saltos.

***

Lex assistiu *The Endless Summer*[9] várias vezes e, naquele mesmo verão, ele e Nico foram acampar em Búzios. O pai de Angélica tinha casa lá, e isso facilitava muito as coisas.

Numa tarde, conseguiram uma carona para a Prainha da Ponta, uma praia pequena famosa por suas boas ondas. Os caras que deram carona levavam duas pranchas, uma laranja e outra vermelha, no teto de uma *Vemaguet* azul turquesa. Era o que eles tanto esperavam, porque ir a pé até a Prainha era longe demais, naquele sol então, era quase impossível. Compraram água, bisnaga de pão com queijo e partiram.

A geografia do lugar parecia reproduzir uma tela de cinema. Uma pequena baía, com dois enormes blocos de pedras em cada extremo, enquadradas entre eles, ondas fortes e altas. Os caras emprestaram uma prancha para Lex tentar pegar umas ondas. Ele não teve muito êxito, mas ficou radiante inclusive com os seus fracassos.

Mais para o fim da tarde, enquanto descansavam na areia, viram um cara no extremo da praia mais próximo, no alto da pedra mais íngreme, em pé bem na beirinha do penhasco. Aquilo chamou a atenção dos dois.

— Olha aquele maluco lá! — disse Nico.

Foi o tempo certo para o cara saltar. Foi um salto lindo, de quem provavelmente está acostumado a saltar dali. Ele projetou o corpo para cima e fez uma curva descendo de cabeça no mar verde esmeralda. Emergiu alguns segundos depois, mais adiante, e foi nadando até uma pequena embarcação que o aguardava um pouco depois da arrebentação. Os surfistas da carona tinham ido para o extremo oposto da praia buscando melhores ondas. Lex olhou para Nico com um jeito malicioso e perguntou:

— Vamos lá dar uma olhada naquele penhasco?

Nico se animou na hora, e os dois seguiram por um caminho estreito, cercado de rochas, entre a vegetação rasteira e um correr de pitangueiras repletas de pitangas maduras, um lugar selvagem que parecia distante da civilização. As pitangas os detiveram um pouco, era como se tivessem mergulhado em um outro mar de cheiros e sabores. Lex provou uma delas e fez aquela cara levemente cítrica de prazer criado pelo azedo com o doce. Nico riu e comentou:

— Nunca vi pitangas tão vermelhas, tão maduras.

Depois que se fartaram de comer as frutinhas e ficarem por alguns instantes com a sensação de que nunca mais sairiam dali, como se as pitangas tivessem esse poder do esquecimento, foram trazidos de volta à rota pelos gritos das gaivotas, e ainda com o gosto das pitangas na boca, começaram a escalar as rochas que conduziam até aquele ponto avançado sobre o mar. A subida era escarpada e as pedras escorregadias. Nico chegou a ter que voltar atrás para poder subir novamente. Lex ofereceu a mão e puxou o amigo até o topo. Quando chegaram na beira do penhasco, deram com uma visão impressionante: a pedra ficava a mais de dez metros do mar, e dali o que se via era só o oceano e o céu. Não se sabia o que era mar e o que era céu. Diante daquela visão, Lex disse sem pensar:

— Vou pular.

Nico tentou dissuadi-lo:

— É melhor ter cuidado, aquele cara que saltou era experiente e, até hoje, pelo que sei, você só pulou de trampolim de piscina de clube. Manera no delírio de grandeza.

— Ah, que nada, Nico, essa altura é moleza, depois eu tenho esse mar todo aí embaixo para me amparar. Esse lugar faz com que eu me sinta do tamanho de uma torre muito alta, de um farol. Nada pode me amedrontar.

Ao contrário do cara que saltou, Lex não pulou da beira do penhasco, mas tomou distância para correr e dar, com isso, mais impulso ainda para o salto. Nico o observava com um misto de admiração e medo no olhar.

Lex correu, fez uma alavanca com os pés na beira do penhasco e pulou. Foi um belo salto, descoordenado, mas bonito. Ele conseguiu abrir os dois braços no alto e juntá-los na descida e penetrar na água, deixando um círculo vazio em seu lugar. Alguns segundos depois que a água tinha desfeito o ponto em que ele havia caído, não se viu mais nenhum sinal de Lex nas imediações. Nico ficou com os olhos presos no lugar exato em que ele tinha mergulhado, mas nem ali, nem em torno do local, ele conseguia ver qualquer traço da presença de Lex. Foram segundos de um silêncio espesso que fez com que Nico mantivesse a sua respiração suspensa. Ele deu mais dois passos à frente para ampliar a sua visão da área onde Lex poderia emergir, mas não conseguiu ver nada. Lex tinha desaparecido no mar.

Nico ficou desorientado, pensou em chamar os surfistas para ajudá-lo a encontrar o amigo, mas viu que seria inútil, estavam longe demais dali. No momento em que, desesperado e quase aos prantos, ele permanecia de pé buscando algum sinal no mar, sentiu uma mão molhada e fria tocar as suas costas. Ele se virou e deu com Lex que, sem saber o que se passava ali, gritou:

— Viu como eu consegui? Agora que eu voltei ao meu tamanho normal, estou sentindo um frio na barriga.

Nico conteve a emoção e acompanhou o riso contagiante de Lex e, como crianças, eles pularam juntos no mesmo lugar como se comemorassem um gol.

— Agora vamos nós dois juntos — disse Lex.

Nico arregalou os olhos e disse:

— Não mesmo.

— Vamos, porra, vamos. Não precisamos cair de cabeça, podemos cair de pé desta vez, vai ser mais fácil para você.

— Não vou saber fazer isso, Lex. Vou acabar me machucando.

— Que nada, brother. Pense no que isso vai significar para nós dois. Isso vai nos unir para sempre. Imagina só, quem faz um troço desses juntos fica ligado por um laço eterno. Não é você que se amarra tanto em pacto? Não está pronto para a eternidade, Nico?

Nico parou de pensar, fechou os olhos por alguns instantes e caminhou até a distância estipulada por Lex. Quando ele gritou: *já*, os dois saíram correndo e saltaram do penhasco. O grito que deram juntos foi tão alto que reverberou nas pedras do outro lado da praia, e os surfistas viram sorrindo os dois no ar em pleno salto.

Depois de alguns minutos, eles saíram do mar banhados pela luz de uma alegria desconhecida. Seus olhos brilhavam, a luz do pôr do sol dourava seus corpos cheios de gotas brilhantes e eles caminhavam seguros de suas existências, certos de que obteriam o que quisessem da vida. Quando olharam um para o outro, os olhos de ambos estavam úmidos de emoção e júbilo, eles haviam conquistado o direito à amizade eterna.

Quem você gostaria que estivesse aqui com a gente? -- perguntou Lex, enquanto se atirava na areia e olhava o pôr do sol. Antes que Lex pudesse responder, os caras da carona gritaram de dentro da *Vemaguet* - Estamos indo. Os dois saíram correndo na direção do carro:

– Esperem por nós, esperem por nós...

DOMÊNICO X

CAPÍTULO 6: A CASA DO SOL NASCENTE

Oh, mother, tell your children
Not to do what I have done
To spend your lives in sin and misery
In the house of the rising sun

Nico já estava pronto para dormir, já tinha vestido o seu pijama azul claro, mas, de repente, ouviu uma buzina insistente na rua. Foi até a janela e viu que era Nando, um amigo da escola. Nando fez um gesto para que ele descesse. Para variar, ele tinha pegado escondido o carro do pai.

— Vamos dar uma volta? Tenho um baseadinho aqui.

— Não, já estou quase dormindo. Além disso, você nem tem carteira, Nando. Vamos acabar presos.

— Nessa hora não tem problema. Entra logo aí.

— Estou de pijama.

— E daí?

Ele acabou entrando no carro, e Nando saiu acelerando. No rádio, tocava *The Animals*. Nando era o único cara, além do Alex, com quem o Nico costumava sair. E ele sempre aparecia assim, do nada, com alguma coisa surpreendente. Era filho único, e os pais tinham por hábito sair muito e deixá-lo sozinho em casa.

Nando acendeu o baseado e perguntou:

— Foi para onde no fim de semana?

— Como sabe que fui para algum lugar?

— Fui à sua casa procurando por você.

— Fui para Búzios com o Lex.

Nando era de outra turma, conhecia Lex, mas não eram próximos. Nando era meio solitário, gostava de fazer as coisas do jeito dele, por isso sempre aparecia com um esquema já pronto. Se você embarcasse na dele, tudo bem; se não, tudo bem também. Ele ia embora sem problemas. Não esquentava com nada.

Ele passou o baseado para Nico e, de repente, deu uma meia freada:

— Ih, cara, tinha esquecido da festinha. Prometi para um amigo meu que ia dar uma passada lá.

— Festinha a essa hora, em plena quarta-feira?

— Gente mais velha. É aniversário de alguém. Vamos dar um pulo lá para ver o que rola?

— Que isso, estou de pijama, não vou mesmo.

— Besteira, Nico, ninguém liga para essa coisa de roupa. E depois, o clima lá é sempre luz de velas, tudo meio escuro. Ninguém vai nem ver — disse isso enquanto estacionava em frente a uma casa com varanda na frente.

Havia uma música de fundo tocando bem baixinho e, de fato, o ambiente era iluminado apenas por velas de todos os tamanhos e tipos, uma daquelas festas com incenso e sangria.

Na verdade, a festa já tinha acabado, restavam apenas alguns remanescentes recostados em grandes almofadas indianas no chão, ao lado de luminárias fracas de tecido amarelado com franjas nas bordas. O amigo do Nando surgiu na varanda e foi bem receptivo:

— Chega aí, querem alguma bebida? Ainda tem vinho. Mas só vinho mesmo.

Nico se sentou na mureta da varanda, incomodado com o pijama. Estava se sentindo nu, como em um pesadelo, mas o dono da casa não pareceu dar a menor importância para a

OS COMEDORES DE LÓTUS

roupa dele. Foi lá dentro e voltou com duas taças de vinho tinto. Com ele, saiu para a varanda um casal, que devia ter aproximadamente trinta anos. O homem tinha barba e dava a impressão de estar tenso ou preocupado, e era evidente que queria ir logo embora. A mulher, ao contrário, não parecia ter muita pressa. Ela se sentou ao lado do Nico e murmurou, meio de lado:

— Gostei do traje. Você sai sempre assim?]Nico ficou encabulado, mas respondeu com humor: — Só quando vou dormir fora.

Ela sorriu, e foi quando ele notou o quanto ela era bonita. Cabelo preto, olhos grandes, boca carnuda, magra, alta. Ela fumava de um jeito diferente, segurava o cigarro enterrado entre os dedos e tinha uma gesticulação toda própria. Enquanto Nando sumia no interior da casa, ele continuava conversando com ela. Aparentemente, ela tinha se interessado por Nico porque começou a perguntar coisas para ele. Adivinhou que ele era poeta, escritor, artista. Afinal, quem sai de pijama não pode ser outra coisa. Só não conversou mais com ele porque o sujeito preocupado veio até eles com um sorriso educado e o cenho franzido e disse para ela: — Temos que ir. Ela olhou para Nico, sorriu e fez uma expressão facial de "agora vou ter que ir mesmo".

Nico e Nando decidiram ficar mais um pouco naquele fim de festa interminável, mas o tempo voou. O dia já estava prestes a nascer quando entraram no carro para voltar para casa. Nico perguntou se Nando conhecia o casal da festa, e ele disse que, pelo que ele sabia, não era um casal. Eram amigos do amigo. Ele não os conhecia direito, tinha visto os dois uma ou duas vezes no máximo. Nando não era muito de falar, mas fez um comentário curioso na volta. Disse que seus pais não queriam que ele andasse com pessoas daquela casa, porque eles souberam que os pais do amigo dele estavam envolvidos com política, o que significava subversão. Nando não deu a menor bola para o pedido. Não levava em consideração o que os pais pensavam.

— Afinal, o que eles sabem da vida? — disse sorrindo ao se despedir de Nico.

Ao chegar em casa, Nico sentou-se na beira da cama e ficou um tempo lembrando da mulher da festa, no ambiente estranho da casa, em como o Nando era enigmático... e, como já estava de pijama, caiu dormindo na cama.

**

Caminhavam a passos largos, Lex vinha um pouco mais atrás, Nico seguia na frente. Rua escura, madrugada fria. Tinham saído de um pé-sujo logo depois que começaram a jogar serragem no chão e a colocar as cadeiras em cima das mesas. Noite suja, dois perdidos.

Enquanto andava, Nico pensava em para onde estavam indo. Algum bar ainda aberto? Não queriam que a noite acabasse. Não que estivessem bem, nada disso, alguma coisa os roía por dentro tão nitidamente que era quase possível ouvir o som que o roedor fazia. No entanto, a aflição maior era ter que começar um novo dia. Quem suporta isso de começar um novo dia? O dia ocultava o que a noite deixava exposto, o sentimento que ele hospedava desde a infância, um sentimento sem nome, que não tinha sido catalogado, uma friagem de abandono entrando por alguma fresta interna, que o fazia dar um passo e mais um passo para dentro daquela noite. Não era somente uma dor, um desassossego, era um prazer estranho, um prazer de deixar tudo para trás, de não ter que olhar mais para trás. Uma desenvoltura, um desembaraço que vinha de um sofrimento, um sofrimento libertador. Não, ele não teria paz, não, ele seria sempre só, não, ele não dormiria em berço esplêndido, ele seria sempre aquele que não tem onde dormir, como um gato de rua, buscando um canto, um buraco para se esconder. A noite devolvia para ele o sentimento de indigência que era seu. O escuro das ruas, a sarjeta, a população noturna, os cupins dançando na luz de mercúrio dos postes, tudo aquilo ecoava o mesmo som, refletia a mesma luz pálida; tudo revelava um aspecto profundo da vida que a luz do dia ocultava. Mas andando assim junto das poças e por calçadas baldias, de mãos nos bolsos, e com uma certa dureza consentida pela madrugada, ele se sabia parte daquilo, e que aquilo não lhe daria nada em troca, a vida era apenas um enorme desperdício.

Os passos de Lex ecoando logo atrás de Nico faziam com que seus passos conversassem em silêncio sobre essas coisas que iam pisando e pensando ao mesmo tempo: sobre a necessidade de estender a noite até o limite improvável de uma noite sem fim, quem sabe até o arco de uma aurora boreal, sei lá, uma noite que se desvencilhasse dela mesma, que saísse da rota, dos trilhos, e fizesse com que os meses nas folhinhas das paredes dos bares humildes partissem em uma revoada pelos ares dentro de um redemoinho e que eles caminhassem dentro da poeira e por entre as folhas arrancadas das árvores pelo vento, na direção de lugar algum. Mas os lugares também teriam ido para o espaço e não haveria mais lugares e dias — ele sorriu levemente, certo de que Lex estava pensando exatamente a mesma coisa naquele momento. Aquele silêncio pleno fez com que ele se lembrasse do dia em que Lex saltou do penhasco para o mar e desapareceu por alguns minutos. De repente, ele havia se tornado aquele silêncio imenso que o seu desaparecimento gerou. Foi o momento em que Lex foi definido para ele. Lex era aquele silêncio, era por isso que, quando ele se calava, retinha aquela tensão toda em torno dele e fazia tudo convergir para um ponto apenas, como aquele na água em que ele desapareceu depois do salto do penhasco. Um dia, Lex disse para Nico:

— Essa nossa inquietude, essa nossa inércia, essa nossa morosidade, isso só indica o que Jones me disse uma vez: nós chegamos atrasados demais para alguma coisa, alguma coisa já aconteceu e não adianta olhar para trás, e o que virá está longe demais de nós.

Quando disse isso, estava sentado assim, ereto, com a cabeça erguida, com uma postura heroica, o rosto ligeiramente voltado para algum ponto lateral, quase de perfil, era um momento solene em que ele parecia ter descoberto algo que nos assediava internamente e fazia com que, às vezes, cambaleássemos quando queríamos seguir adiante altivamente. Agora, ouvindo seus passos no chão molhado pelo sereno, logo atrás dele, era como se tudo à sua volta repercutisse aquelas palavras sóbrias.

Foi nesse momento que Lex puxou-o pelo braço, ele se voltou, e Lex o abraçou ofegante. Nico ficou confuso. Tentou se afastar dele, mas Lex parecia estar tendo uma coisa. Nico se manteve ali mesmo com o incômodo que era tudo aquilo, os dois colados um ao outro, aquele hálito de nicotina e álcool. Aquele meio soluço incompatível com o cara meio rude que ele ensaiava se tornar, meio impulsivo que, com um gesto simples, costumava derrubar mesmo sem querer o que estivesse à sua volta. Lex pedia: — Me abraça, me abraça, com uma voz baixa e fraca. Nico retribuiu indeciso, mas o calor dos corpos era uma sensação boa. Era como se os dois tivessem ido parar debaixo da asa do anjo. A boca de Lex procurou a de Nico, e aconteceu um beijo meio sem jeito. E quando a coisa foi se prolongando demais, Nico começou a se desvencilhar suavemente daquele abraço. Lex abaixou a cabeça e murmurou:— Não sei o que eu quero fazer com você, sei que preciso de alguma coisa sua, alguma coisa que vejo em você e isso me perturba.

Nico se separou totalmente de Lex e começou a andar na frente novamente, acendeu um cigarro e murmurou como que para si mesmo: — Vê se não complica. Mas tem razão em um ponto, também não saberia o que fazer com você. Talvez estejamos buscando a mesma coisa, talvez queiramos apenas nossa mútua destruição. Você acha que eu sou seu anjo exterminador e eu acho que você é o meu. Existem coisas que você só pode resolver fisicamente, outras, a mera tentativa pode levar tudo a perder — foi a conclusão que ele confirmou algum tempo depois.

— Vamos dobrar na próxima esquina, tem um boteco adiante.

Os dois se encostaram no balcão do boteco de apenas uma porta.

— Estamos fechando, rapaziada — gritou uma voz lá do fundo do bar.

— Serve uma aí, a saideira, vai.

O sujeito com cara de exaustão trouxe a cerveja e colocou no balcão com os copos.

— Estou pensando em dar o fora daqui. Estou girando em

círculos. Não quero fazer nada, não tenho talento para estudo, não sou poeta. Angélica, essa barba crescendo, os homens pisando na lua, estou farto de tudo, sabe? Se lembra do verão passado, quando fomos àquela praia e depois saltamos do penhasco? Quem era eu? Não sou mais capaz de nada, Nico.

— Cara, parece que na sua vida só existem penhascos e penhascos. Tem que ter algo mais lá na frente, não? Você cresce e tem o chão, e você pisa nele. A vida não está só no pico, está também no plano.]

— O que é isso, cara? Estamos perdidaços. Não vejo nada pela frente, você está vendo? Queria que alguém me pegasse pela mão, como se faz com uma criancinha, e me levasse embora daqui, não sei para onde. Queria sair da paz deste escuro e ver alguma luz, mesmo que fosse a luz do inferno. Eu nunca lhe disse isso, Nico, mas eu tenho muita raiva. Raiva de eu não ter o que querer. Jones me disse que isso é uma doença do espírito. A gente já nasce esquartejado e não consegue juntar os membros para montar nem meia pessoa sequer. Uma pessoa que anda. Eu não sou uma pessoa que anda. Eu dou passos, voo, mas andar mesmo, não ando.

— Você está muito maluco, Lex. Larga de ser otário achando sempre que você é o pequeno príncipe das trevas. Você é esse gato cinza vagabundo igual a esse aí que está passando perto do seu pé, um gatinho faminto, sem lugar para se esquentar na noite fria.

— Não fode, Nico. Você não sabe porra nenhuma da minha vida.

— Não estou dizendo que sei, estou dizendo que o babaca aqui é você.

— Cara, repete isso, que eu te encho de porrada — disse Lex enquanto acertava um soco no peito de Nico.

Dobrado, gemendo de dor, Nico ainda conseguiu forças para chutar Lex, mas não o acertou. O dono do bar veio lá de dentro e disse:

— Que isso? Não quero briga aqui, não, achei que eram amigos.

Nico resmungou:

— Esse cara aí não sabe o que é amizade, moço.

Lex saltou em cima dele e deu dois socos na cara de Nico. O cara do bar empurrou os dois para fora dali.

— Aqui, não! Vão brigar bem longe daqui.

O rosto de Nico sangrava. Lex respirava forte, parecia que seu coração ia sair pela boca e saiu andando. Enquanto seguia em frente, ouviu Nico dizer: — Ele não aprendeu ainda que há coisas que não se resolvem fisicamente. Nico ficou parado por uns instantes, depois se sentou no meio-fio, abaixou a cabeça e tentou estancar o sangue do nariz que não parava de escorrer. Eles nunca tinham brigado na vida. Mas Nico não se deixou levar pela dor.

— Ele vai me pagar por isso. Ah, vai.

Aquela noite foi suficiente para cavar um vão entre eles, ainda que temporário, mas que nunca mais foi totalmente preenchido. O que aconteceu, porém, naquela noite permanecerá girando na cabeça de Nico e, certamente, também na de Lex pelo resto da vida deles.

CAPÍTULO 7: O TALENTOSO MANTOVANI

And then one day
A magic day he passed my way (Éden Ahbe)

O Café Sumac estava lotado naquela noite. A programação normal intercalava poesia, performance e música. Funcionava assim: de repente, um cara subia no pequeno palco com umas maracas e era exatamente o que se esperava. O apresentador era o próprio dono do Café, Jesus Charles, um poeta beatnik falido que herdara do pai aquela birosca e a transformara em um espaço de vanguarda marginal. Em noites normais, estava quase sempre às moscas. Jesus não oferecia muitas opções além da cerveja semi-gelada e destilados baratos. Os habitués traziam seus amendoins ou sanduíches de pão francês com mortadela para atravessar a noite bebendo e desperdiçando o tempo. Aquela, porém, era uma noite especial. No cartaz cor de vinho preso ao cavalete do lado de fora lia-se Ulah Melusina: poesia preclusa (leituras). A presença ao vivo da legendária dama da cena poética abissal atraiu figuras inusuais que se espalhavam por todas as mesas e cantos. Afinal, ela não se apresentava ao vivo desde 1966, exatamente na véspera do incêndio na casa de Clarice Lispector.

Na noite anterior ao acidente, Ulah havia lido — ou melhor, tentado ler — pequenos trechos de uma obra em prosa em uma livraria esotérica no Centro do Rio. Os donos da livraria eram dois irmãos gêmeos franceses extremamente magros, com olhos transparentes e uma pele tão branca que parecia nunca ter sido tocada pelo sol. Eles a apresentaram rapidamente em uníssono e saíram por uma porta lateral, sem assistir ao que deveria ser um recital. Ulah Melusina estava sentada em um banco alto de bar, com um pequeno caderno vermelho de anotações de viagem nas mãos. Vestia suas velhas roupas pretas desbotadas, um xale e os indetectíveis sapatos masculinos com cadarços. A pequena livraria estava abarrotada de gente, em parte porque o Jornal do Brasil havia anunciado o que seria "um evento insólito na Livraria Speculum: a escritora de vanguarda Ulah Melusina promete recuperar a antiga arte da palavra viva". Sentada em um canto no fundo da sala, Clarice Lispector, de óculos escuros, fumava ao lado da janela com uma expressão entre a angústia e o enfado. Quando Ulah acendeu seu *gauloise*, pigarreou e começou a resmungar sons quase inaudíveis, levando a mão à boca com insistência. Era impossível entender o que ela dizia. Pouco depois, Ulah alegou uma violenta queda de pressão e, dizendo estar prestes a desmaiar, retirou-se pela mesma porta por onde os gêmeos haviam desaparecido. No mesmo instante, Clarice deixou o local, não sem antes entregar um bilhete ao garçom para ser dado a Ulah, e desceu às pressas as escadas que levavam à rua do Ouvidor.

Alguns poucos anos se passaram e, finalmente, Ulah parecia estar de volta. Muitos admiradores e curiosos que ocupavam o *Café Sumac* não demonstraram ansiedade, mas apenas uma calma apreensiva. Será que ela vai mesmo aparecer? Enquanto isso, o público se encantava ouvindo *Virgin of the Sun God* cantada pela idolatrada peruana Yma Sumac, que dava nome ao café e, por isso, suas canções eram tocadas sempre no início e no fim da noite. Entre a abertura e o encerramento, Jesus Charles permitia que fossem tocadas apenas música cigana, jazz ou música clássica. JC odiava música pop, rock ou qualquer tipo de música popular.

Minutos antes da hora marcada para o início da leitura, Nico e Angélica entraram apressados, procurando um lugar nos fundos, de preferência no canto, bem longe do alcance dos olhos de lince de Ulah. Embora tivessem receio de encontrar a misteriosa escritora, não resistiram à tentação de assistir ao evento. Afinal, Nico não tinha esquecido aquele encontro no Palácio. Lex decidiu não ir, mas Angélica não quis perder a oportunidade de comprovar a existência da lendária figura.

De longe, recostado no bar, havia um sujeito elegante com um terno cinza claro, gravata violeta, que parecia sorrir para eles. Devia ter mais de trinta anos - uma idade que, para eles, fazia dele um velho. O homem não parecia interessado em poesia preclusa, mas só tinha olhos para eles, como se os reconhecesse.

Yma Sumac

Acabou vindo até a mesa e perguntou se poderia se sentar com eles. Tinha um sorriso encantador, uma voz firme mas suave e um olhar que exalava urbanidade. Em pouco tempo, os três estavam conversando animadamente. O homem contava histórias mirabolantes de um jeito sério, discreto, e quase como se ele mesmo se surpreendesse com o que narrava. Nico e Angélica sorriam como crianças.

Ele se apresentou como Luigi Mantovani, disse que era um cientista na área de química e trabalhava na cidade de São Paulo.

— Onde você nasceu, Luigi? — perguntou Angélica.

— Eu nasci em Belford.

— Onde?

— Belford Roxo — disse com um sorriso infantil. — Quando cresci, fui estudar química em Campinas e lá fiquei trabalhando com isso. A maior parte da minha família, imigrantes italianos da Sicília, vive lá, isso facilitou as coisas para mim. Volto ao Rio regularmente para rever meus pais que continuam vivendo na mesma casa, no mesmo lugar. Soube pelos jornais sobre esse recital de poesia preclusa - sabe-se lá o que isso significa - fiquei intrigado. Acabei vindo aqui também para conhecer o famoso *Café Sumac.*

Como era de se esperar, Ulah Melusina não deu as caras naquela noite. JC pediu desculpas e abriu a noite para os participantes aleatórios. Após duas doses de conhaque, Angélica sugeriu que Nico recitasse uma de suas poesias. Nico, ruborizado, rejeitou a sugestão com irritação. Mantovani o observou com certo gosto. Mas, ao ouvir uma voz cantar "*there was a boy, a very strange enchanted boy*" — os primeiros versos do sucesso de Nat King Cole —, uma voz masculina aveludada, semelhante à do cantor americano, Mantovani, que estava de costas para o palco, virou-se para ver de quem era aquela voz. Era de uma mulher negra de chapéu e terno com as unhas longas pintadas de preto. Ele se voltou novamente para os jovens. visivelmente incomodado, mas logo mudou a expressão para um sorriso jovial e convidou os dois para continuarem a conversa em outro lugar. Foi o que fizeram.

Agora em um boteco mal iluminado, Nico e o novo amigo íntimo desandaram a falar sobre os mais variados assuntos com uma afinação e uma concordância que fez com que Angélica desistisse de acompanhar aquele ping-pong cultural. Alegou estar com sono e foi embora. Mantovani olhou o relógio e disse: se não tivesse que voltar para tão longe, eu adoraria tomar mais cerveja com você.

– Não seja por isso, fique aqui em casa, moro a poucos quarteirões daqui. Amanhã, você volta, que tal?

– Digo que fico, respondeu um alegre Mantovani.

E voltaram a discutir uma cena de um filme de Nicholas Ray, *On Dangerous Ground*[10], que Nico via de uma forma, e Luigi, de outra. No filme, o irmão mais novo de uma mulher cega que mora isolada, afastada de tudo e de todos, é suspeito de ter matado uma jovem. O filme trata da caçada ao rapaz feita por um policial violento e o pai da vítima, mas o motor interno da história é a conversão do policial que passa ver o mundo pelos olhos de quem não pode enxergar, a irmã do rapaz.. A cena que eles discutiam é uma cena de perseguição: o garoto acusado de assassinato, está acuado, escapa, é perseguido e acaba morrendo ao cair de um penhasco.

– O garoto é o heroi do filme, diz Nico, foi injustamente acusado, é incompreendido e levado à morte. A ironia é que os outros personagens são todos beneficiados pela tragédia dele.

– Sinto não poder concordar com você, retruca Mantovani. A morte dele é uma redenção, ele a busca e se purifica com ela, ele escala a própria morte para libertar a irmã cega e o policial violento.

Nico olha intrigado e faz um gesto com a mão de negação peremptória. Mantovani, olha para a mão dele e afirma: você tem a marca de Caim.

Nico conteve o fluxo de suas palavras e perguntou: O quê??

– Você não leu *Demian* de Herman Hesse?

– Sim, mas não me lembro disso.

Nico pela primeira vez ouvia Luigi falar de algo inteiramente alheio ao seu conhecimento. Era como se tivesse saído da fase do espelho. Ao olhar Mantovani desta vez, ele viu uma fisionomia completamente diferente da anterior. Não sabia se era o reflexo da luz fraca do botequim, mas aquele homem ali tinha outro rosto e uma expressão entre o sério e o irônico.

– Mostre novamente a palma da sua mão esquerda, estenda o braço e abra os dedos, ordenou Mantovani. E enquanto olhava com prazer o que constatava, tocou com o dedo indicador o osso entre o pulso e o polegar de Nico e disse: é isso aqui e estendeu o seu próprio braço, abriu os dedos da mão esquerda: veja eu também tenho a marca e correu o dedo pelo mesmo osso.

A bebida tinha deixado Nico meio zonzo e ele julgava estar perdendo alguma coisa importante daquele assunto do qual inclusive não fazia a menor ideia. Se sentiu meio limitado diante daquele cara adulto e culto. Essa sensação fez com que ele quisesse encerrar ali a bebedeira.

– Vamos embora, já está tarde. Moro logo ali.

Os dois seguiram agora falando trivialidades. Mantovani retomou uma de suas histórias divertidas e absurdas o que fez com que Nico estabelecesse de novo a conexão com a simpatia e a afinidade que ele sentiu desde o início para com Luigi.

Ao chegarem no quarto, na casa dos seus pais, que naquela altura dormiam o sono dos crédulos, Mantovani olhou em volta, observando cada detalhe com interesse e um estranho contentamento. Havia algumas fotos recortadas de revistas presas na parede: William Burroughs, Kierkegaard, Françoise Hardy. Alguns discos empilhados: Nina Simone, Dylan, Jorge Ben. Ele sorriu. Em cima da escrivaninha, ao lado da máquina de escrever, alguns livros: Patricia Highsmith, Borges e Fitzgerald. Tenho essas mesmas coisas na minha casa. Esses mesmos livros, esses mesmos discos, essas mesmas fotos na parede. Nico franziu o cenho com surpresa e incredulidade. Sob aquela outra luz, Mantovani mostrou uma nova face aos olhos de Nico. Era a face de outra pessoa, com outros traços, outros ângulos no rosto. Nico fez uma expressão de estranheza que não passou despercebida a Mantovani.

– É o meu rosto que você está estranhando?

– Desculpe-me, não quis...É que cada vez que olho para você vejo um rosto diferente, não sei o que está acontecendo comigo.

– Não, não há nada de errado com você. Eu posso explicar isso.

Colocou a palma da mão cobrindo um lado do rosto, depois cobriu com a mesma mão o outro lado e perguntou: Dá para ver que os dois lados são completamente diferentes? Nesse momento, Nico começou a sentir aquela mesma angústia que tinha sentido no bar. Aquele cara que parecia ser seu outro eu, agora se mostrava um estranho e uma ameaça. Mantovani leu seus pensamentos.

– Nada disso, Nico. Não tem nada de muito estranho nisso. Foi uma fatalidade, na verdade uma fatalidade política. Eu estava na plateia do Tuca quando CCC (Comando de Caça aos Comunistas) invadiu o teatro para espancar os atores de *Roda Viva*. Eu estava lá para assistir o espetáculo, mas vendo aquela brutalidade toda eu resolvi, junto com outros espectadores, defender os atores. Fizemos uma barreira humana, mas logo fui atingido por uma barra de ferro no rosto, e esse meu lado esquerdo afundou. Fui levado para o hospital e eles fizeram um trabalho magnífico e recuperaram minha face. Claro que não poderia mais voltar a ter a mesma cara que tinha, assim como não poderia voltar a ter a mesma cabeça que tinha, então ficou tudo bem assim.

Ele deu um sorriso triste e Nico pode ver agora sua cara real, dupla, múltipla, marcada pela violência. Mais uma vez, sentiu uma onda de fraternidade subir até a sua garganta e teve o ímpeto de abraçá-lo, mas se conteve. Mantovani abaixou a cabeça como se refletisse sobre o seu passado e quando voltou a fitar Nico tinha nos olhos um brilho frio e cortante.

– Em SP, temos um grupo de pessoas que têm a marca de Caim. Nós sabemos que enquanto estivermos pisando esta terra, o mundo vai continuar caminhando para a destruição. Não sabemos como afetamos o mundo para que ele caminhe assim, somos em geral boas pessoas, mas algo em nós leva o mundo para o mal. Somos os veículos para algo terrível que carregamos, transmitimos, e fazemos, ainda que indiretamente, acontecer. Em cada ato nosso, há um outro que desconhecemos tramando o horror. Por isso, nós nos juntamos em uma pequena irmandade de suicídas altruístas. Procuramos nossos outros irmãos para que entreguem as suas vidas à causa da humanidade, à causa de Abel. Temos meios excepcionais para isso e cumprimos nossas tarefas.

Nico sacudia a cabeça, sem acreditar no que ouvia.

– Por que você acha que eu estou aqui hoje, se eu o conheci há apenas algumas horas? Por que você acha que eu o procurei, me aproximei de você e estou agora, sem que ninguém saiba, dentro do seu quarto? Eu vim matá-lo, meu jovem.

Nico riu de nervoso, o que fez com que Mantovani risse também.

– Assim você me assusta, Luigi.

– Na verdade, segundo as normas da IMC, Irmandade da Marca de Caim, nós só podemos eliminar um dos nossos irmãos quando ele aceita o próprio sacrifício ou quando depois de saber de tudo, esquece o que ouviu. Esse é o seu caso, irmão, está tudo ainda fresco na sua mente. Isso protege você de mim, eu, o seu exterminador. Portanto, mantenha isso vivo no seu espírito ou entregue-se em sacrifício.

Nico riu, querendo acreditar que se tratava apenas de uma brincadeira macabra, Mantovani deitou-se na cama, virou-se para o lado da parede e caiu imediatamente em um sono profundo. Nico passou o resto da noite em claro, revolvendo por dentro os detalhes daquele assalto ao que havia sobrado da sua frágil sanidade. No dia seguinte, Mantovani acordou como o anjo que aparecera no *Café Sumac*, sorriso cativante, afinidades profundas, fraternidade nunca vista. Despediu-se com os olhos fixos nos olhos de Nico - e um sorriso mau. Nico notou aquele sorriso e estremeceu porque viu que a história estava apenas começando. Mantovani não voltaria para SP sem a sua cabeça, estava em uma missão e teria que cumpri-la.

Uma semana depois, Nico caminhava rapidamente na direção da biblioteca que ficava a 2 km de sua casa, o vento frio da madrugada ainda soprava na manhã e ele caminhava contra ele com gosto. Na sua cabeça, esforçava-se para compor uma poesia, juntar certas palavras, primeiro, o ritmo e depois, as sílabas, isso provocou um movimento vindo de dentro dele como um sopro. Ele tentava se deixar levar mas mantinha as rédeas e buscava cavalgar o movimento que jorrava de algum lugar dentro dele, só que quase sempre ele talhava, porque, quando as palavras chegavam, o movimento se diluía e as fonemas caiam secos da sua boca, mortos e sem vida como esqueletos apodrecidos. Pensava nisso enquanto o ar frio vinha na sua direção como pequenas farpas contra seu corpo, lembrou da imagem de São Sebastião e sorriu com a bobagem aleatória que é a vida e com um leve resquício de sorriso ainda nos lábios levantou os olhos do chão e viu, lá numa esquina adiante, há um quarteirão e meio, uma silhueta, um vulto na bruma da manhã, que se mantinha ereto e voltado inteiramente para ele. Sem dúvida, não era outro senão Mantovani. Ele dobrou rapidamente a esquina e começou a correr, não sabia bem porque corria, mas ele não conseguia resistir aquele impulso, correr, correr. Quando entrou na biblioteca, ele arquejava, mal conseguia respirar. A bibliotecária do balcão de atendimento o olhou com apreensão e cenho franzido como se logo atrás dele fossem entrar com o mesmo ímpeto os assaltantes ou os policiais.

Dali para a frente, as aparições de Mantovani se tornaram corriqueiras, e mesmo conseguindo sempre evitar o encontro, o estado de espírito de Nico entrou em ebulição. A experiência do medo não lhe era desconhecida, mas esse grau de expectativa era inédito para ele. Sabia que teria que enfrentar Montovani novamente, sabia que mais cedo ou mais tarde eles acabariam se encontrando. Essa certeza fazia seu coração saltar e ele sentia de um modo mais concreto a sua solidão. Ele estava só e não era ninguém nas mãos de Mantovani.

Dias depois, ele parou para tomar um café em pé no balcão de um bar e ao seu lado sentiu uma respiração abafada, alguém expelindo um hálito, uma presença feita basicamente de ar, de ar expelido, uma presença de gás carbônico apenas. Mantovani amparou o braço no balcão, usava uma capa de chuva bege, a cabeça descansada na direção do ombro, o cabelo penteado com algum óleo, sorrindo de um jeito que causou repugnância em Nico.

— É impressão minha ou você está fugindo de mim? Já disse que não precisa ter medo. Daquilo que não podemos fugir, não faz o menor sentido temer, não acha?

— Não estou fugindo de você. Isso é uma ideia ridícula. Por que estaria? Por causa da baboseira de marca de Caim?

— Você não sabe como me faz bem ouvir isso de você, meu irmãozinho.

— Não sou seu irmão, Mantovani. Eu tenho o que fazer e não tenho tempo a perder com delírios. É só isso.

Mantovani havia se tornado um ser abjeto para Nico. Agora, nenhuma daquelas qualidades que os aproximou naquela noite existiam mais, Bastava nomeá-lo mentalmente, ou visualizar aquela face hedionda, que uma onda de asco, nojo, náusea, tomava o seu corpo e a sua alma.

— Querendo ou não, Nico, estamos atados como irmãos xifópagos - disse Mantovani, olhando para o céu enquanto caminhava ao lado dele - e enquanto essas estrelas estiverem aí no céu, você estará nos meus pensamentos. Nada disso depende de você nem da sua vontade. Estrelas não precisam de você para existir. Portanto, precisamos marcar algo, um duelo, um jogo de xadrez, ou você prefere ler suas poesias para mim à beira mar?

Nico seguiu calado sentindo o bafo morno e úmido daquele ser de carbono ao seu lado. Por dentro, porém, uma ideia começou a surgir e envergar suas inclinações em uma direção oposta a sua natureza. Um movimento lento mas firme na sua alma fez com que ele, que jamais havia pensado em ferir alguém, agora, acuado e sem saída, tivesse que se dobrar diante da ideia de matar alguém. De início, foi apenas uma imagem precipitada que passou voando na sua cabeça, mas, depois, a cada passo que dava, ela foi ganhando um contorno e uma vivacidade que a tornaram irresistível.

— Vamos marcar, sim, Mantovani. Dá só um tempinho, eu ligo

para você e marcamos - disse Nico com a alma em polvorosa.
Mantovani sorriu com um ar de vitória e foi diminuindo o passo
até que Nico passasse na sua frente e ele fosse ficando cada vez
mais para trás, para trás, até sumir na escuridão. Em cima, no
céu, agora, ficaram apenas as estrelas e, lá embaixo, Nico com o
seu passo descompassado, suas mãos nos bolsos e com a morte
na alma. Se não matasse Mantovani, ele o mataria. Ele não tinha
escolha, teria que matá-lo - repetiu para si mesmo. Não sabia
quem era ele agora - nem isso tinha importância - , porque não
se tratava mais de ideias cadentes, mas de desejo irrefreável. Eu
desejo apaixonadamente matar Mantovani - murmurou. E foi o
que ele fez, mas não sozinho.

* * *

Chegando em casa, ligou para Lex. Amigo, preciso de sua ajuda. É
sério e urgente.
Preciso matar alguém, disse Nico. Lex não pode conter o riso.
Para isso, devia ter convocado Ulah Melusina.
Chega, Lex, chega. Esse cara está me perseguindo há 30 dias.
Ele está ameaçando, minha vida acabou, não consigo mais nem
respirar. Ele diz que precisa me matar, faz parte de uma seita
maluca de SP.
Está pensando em um crime perfeito, então. Isso é sério mesmo?
Qual é o plano?
– Eu fiquei de me encontrar com ele, fiquei de ligar para marcar
esse encontro. Pensei em marcar algo na orla tarde da noite,
num dia meio morto, terça ou quarta, caminhar com ele até uma
emboscada.
– Se o cara quer matar você, estou contigo para o que der e vier. O
que precisamos fazer?
– Não precisamos fazer quase nada, apenas atingi-lo com uma
pedra ou coisa parecida. Ele não vai morrer, vai dar o fora e
eu fico livre. Se morrer, tenho certeza que a morte dele seria
muito bem-vinda. Esses caras são suicidas altruístas, como ele
me disse, nós seremos então homicidas altruístas.

– Fechado, amigo.

* * *

Os encontros entre Lex e Jones eram frequentes, Lex era a pessoa com quem Jones mais gostava de passar algum tempo junto. Chegava sem se anunciar e buscava Lex pela casa e onde quer que o encontrasse - quarto, sala, cozinha - ali mesmo ele se instalava, na sua posição preferida: deitado no chão de barriga para cima com as mãos cruzadas atrás da cabeça. Não havia propriamente uma conversa entre eles, na verdade, podiam passar horas sem que nenhuma palavra fosse dita. Algumas vezes Lex estava fazendo alguma coisa, por exemplo, montando um carrinho da sua coleção de carros de corrida e ficava horas em silêncio profundo, ou tentando aprender algum acorde no violão e praguejava quando errava o dedo na cordas, ou simplesmente lendo jornal e lia alto alguma coisa divertida ou chocante de alguma matéria. Jones ignorava tudo isso, mas ao mesmo tempo, sentia naquilo um contentamento que não conseguia obter em nenhuma outra relação. Era um momento de fruição mútua, porque Lex, sentindo a presença de Jones, achava também que tudo ficava mais interessante. Sabendo que Jones testemunhava seu exercício no violão, acompanhava as suas fracassadas tentativas de tocar alguma coisa corretamente fazia daquele momento um evento. Jones, para Lex, era uma presença solidária. E Lex, para Jones, era uma presença aconchegante, embora ele ignorasse Jones deliberadamente. Não procurava saber dele, não buscava contato, nem visual, nem verbal. Os dois apenas se sabiam ali, respirando o mesmo ar e aquilo era o suficiente. Esses encontros duravam até que um deles sem mais nem menos ia embora sem tchau, aceno, gesto ou palavra.

Era uma amizade, portanto, sólida, dessas construídas no silêncio, mas não no silêncio da indiferença, mas no silêncio da aprovação plena, do assentimento irrestrito, do consentimento absoluto. O silêncio pleno que só as amizade muito profundas conseguem desfrutar.

Isso não impedia, no entanto, que, às vezes, falassem, embora jamais tenham tagarelado um com o outro. Diziam coisas soltas, fragmentadas, distribuídas entre longos períodos de vazio:
– Estou me sentindo um jumento hoje - dizia Lex. 10 minutos depois, respondia Jones:
– Estou me sentindo um porco-espinho. 15 minutos depois, dizia, Lex: Nico falou de você. 10 minutos depois, foda-se ele e você, respondia Jones.
Outras vezes, havia alguma coisa mais parecida com um diálogo:
Nico quer matar alguém. Me convidou - contou Lex.
Alguém que eu conheço? - perguntou Jones.

Não, um tal Mantovani. Estou nessa, eu disse a ele, mas não pensei ainda sobre isso. Não gosto de cometer violência contra estranhos - confessou Lex.

***

No dia marcado, o relógio da praça marcava 23:30. Nico esperava Mantovani pontualmente no lugar combinado junto a uma banca de jornal. Ele surgiu elegante como sempre, com um blazer cor de púrpura escura, camisa social azul clara, sem gravata. Nico trajava o seu uniforme: calça Lee e blusão de couro preto. Comprimentaram-se rapidamente e Nico o convidou a andar pela orla.

Mantovani hesitou.

– Não acha melhor sentarmos aqui em algum lugar. Preferia conversar sentado, andando as ideias sempre me fogem.

– Sim, podemos fazer isso depois, mas eu tenho algumas coisas para dizer e, no meu caso, as minhas ideias me vêm apenas quando estou andando.

Mantovani permaneceu parado, Nico seguiu na direção da orla. Será que o desgracado não vai vir? Tem sexto sentido? Antes que terminasse o seu pensamento, Nico sentiu aquela presença carbônica bafejando nas suas costas. Teve um leve tremor, mas seguiu tentando fazer com que Mantovani ocupasse o seu lado direito. A ideia era fazer com que ele caminhasse bem rente ao calçadão.

– Eu tenho pensado muito na sua proposta, a princípio achei absurda, mas hoje já passei a me interessar um pouco mais. Tenho, entretanto, dúvidas sobre essa Irmandade. Enquanto falava, Nico tentava localizar Lex escondido em algum lugar mais a frente.

– Ah, que interessante. Eu posso fornecer todas as informações que você quiser. Inclusive você pode estabelecer contato com outros membros do grupo, se preferir.

Nico levantou os olhos e viu bem junto ao poste de iluminação o denso arbusto. Ele precisava atrair o olhar de Mantovani para si mesmo quando passasse por ali.

Seu coração começou a acelerar, ele precisava dizer algo naquele instante que fizesse Mantovani olhar, virar a cabeça na sua direção. Por que você está evitando me olhar? disse num tom de desafio. Mantovani surpreso virou a cabeça com os olhos calmos mas firmes buscando os olhos de Nico. Foi exatamente nessa hora que Lex saiu detrás do arbusto e fez um movimento com o braço para ganhar impulso e esmagar o crânio dele com um paralelepípedo. Mantovani ainda esticou o braço tentando agarrá-lo mas tropeçou na própria perna e caiu lá embaixo, a uns 2 metros de altura, na areia da praia.

Lex ficou estático com a pedra na mão, mas logo a lançou longe, e ele e Nico começaram uma corrida desembalada pela orla. De vez em quando, olhavam para trás e para os lados para ver se alguém tinha visto alguma coisa, até que dobraram na primeira rua e continuaram correndo sem parar, dobrando ruas e ruas até que exaustos começaram a andar normalmente. Lex mostrou as mãos manchadas de sangue, Nico esfregou as palmas das suas mãos nas mãos dele, sujando de sangue também as suas e disse "somos irmãos também no crime, *brother*. Horas depois, com o braço no ombro um do outro, caminhavam como se fossem Pátroclo e Aquiles, iluminados pelos dedos de rosa da aurora que vinha surgindo matutina.

No dia seguinte, os jornais noticiaram o crime com destaque. Misterioso assassinato de professor universitário Luigi Mantovanida da área de química. Nico, ao ler as manchetes, sentiu um vazio que não conseguia explicar. A morte de Mantovani não trouxe alívio, apenas revelou algo dele mesmo. Algo que ele agora podia ler nos jornais. Alguns detalhes da reportagem chamaram a sua atenção: "Na carteira do professor foram encontrados dois pequenos envelopes de plástico, cada um com duas gramas de um composto químico ainda não completamente identificado. Segundo especialistas consultados, a dose de 1 grama seria suficiente para matar um ser humano adulto com efeito similar ao da cianureto. O investigador do caso afirmou também que a polícia não descansará enquanto não solucionar o caso e prender o assassino do pesquisador".

Mantovani

CAPÍTULO 8: A FELICIDADE É UM REVOLVER QUENTE

She is not a girl who misses much (Lennon/McCartney)

Quem prestasse atenção nela não teria dúvidas: ela era uma deusa do sexo e da destruição. Foi assim que, de salto alto, ela atravessou impiedosamente o saguão do banco. Nico estava na fila. Ele a conhecera em uma festa -- esquecível, se não fosse por ela – onde ela estava acompanhada por um cara meio nervoso. Foram apresentados mas não conseguiram desenvolver nenhum assunto. Ela o olhou de um modo inquiridor; ele achou que ela o achava esquisito, em parte, provavelmente, por ele estar de pijama na festa. Agora, ali no banco, ao vê-lo, ela veio direto em sua direção,

– Oi, querido, demorei?

Deu-lhe um beijo no rosto, que o deixou ruborizado, e sussurrou no seu ouvido, "você estava me esperando e eu me atrasei um pouquinho" . Minutos depois, acrescentou: "Se lembra de mim?" Ele mal conseguia entender o sentido das palavras por causa do vermelho do batom dela. Logo se recuperou: "Como eu poderia esquecer? – disse com um sorriso encabulado surpreso com a própria audácia.

– Ah, entendi. Você achou que eu era escandalosa ou simplesmente louca de pedra.

– Não! Nem uma coisa nem outra. Achei normal.

Ela virou a cabeça para o lado, deu uma pausa, tirou os óculos escuros e murmurou como se para si mesma: "Ah, então eu não devia estar muito bem naquela noite.

Havia sexo no ar. Nada sexy, mas sexo mesmo: uma coisa que se cheira, uma coisa quente, molhada, crua, bruta, ameaçadora. Ela emanava isso, uma força hipnótica que deixava Nico imóvel como um ratinho diante de uma serpente. O caixa entregou o pacote de notas; ela pegou o dinheiro, colocou-o na bolsa, levantou os olhos delineados e cílios fortemente pintados e sussurrou: "Escreve aqui o seu número", enquanto entregava um caderninho preto e um pequeno lápis de sobrancelha.

– Ah, pode me chamar de Lila, você é o Nico, não é? Estou indo viajar hoje, mas, na volta, eu vou ao seu encalço.

E deu uma daquelas gargalhadas obscenas que sempre assustavam quem estivesse por perto. Ela adorava causar esse mal-estar público. Era uma marca do seu prazer. Deu as costas e sumiu na direção da rua. Nico se sentiu exausto, suado e trêmulo.

* * *

No começo, ele a evitava, porque sentia-se inseguro diante dela. A mulher linda e gostosa que, quando dizia brincando que tinha mais horas de cama que urubu de voo, ele ria meio sem graça e meio intimidado. A verdade é que ela dava a ele a dimensão mínima do poder dele. Acontecia, no entanto, algumas vezes quando saíam, uma ligeira troca de carícias, um beijo um pouco mais prolongado, mas ele nunca tomava a iniciativa. Se dependesse dele, a coisa jamais teria começado. Não por falta de desejo, mas por excesso de medo.

Numa noite, finalmente, ela decidiu parar com os preparativos e partir para um ataque sexual explícito. Deixou um bilhete pedindo para ele aparecer no apartamento dela. Ela estava muito doente. Chegando lá, a chave estava na portaria e, quando abriu a porta, teve uma visão que só a sua imaginação lasciva poderia conceber. Ela estava deitada no chão da sala num colchão improvisado. Havia uma luz muito baixa que só iluminava partes do seu corpo envolvido em um lençol branco. Deitada de lado, virada para a parede, fazia com que a luz incidisse particularmente nas costas indo até as coxas. As pernas dobradas deixavam expostas, inteiramente nuas e entreabertas, as nádegas, e um pedaço mais na sombra de uma pequena cavidade com pelos, aparentemente suaves. Era uma visão que revirou sua alma do avesso. A luz era levemente amarelada mas quando atingia a carne ganhava um tom de mármore, porém macio. Dela, do seu espírito, havia apenas o cabelo preto que caia sobre o lençol e as unhas de um vermelho escuro cintilante na mão que mantinha o lençol em volta dela, o resto era carne, no sentido mais pecaminoso que essa palavra pode ter.

Nico parou de pé diante dela, ela se virou e sua boca estava úmida, seus olhos semicerrados, os seios saltaram para fora do lençol que os prendia e ele dobrou-se diante dela na direção da sua boca. Esse beijo calmo e suave intensificou-se mais e mais até que ela deitou-se sobre ele e ali começou uma sessão ininterrupta de sexo inconsciente, não havia mais ninguém ali, nem ele, nem ela, era gozo sobre gozo, empilhado na noite dando à vida dele uma espessura que ela jamais tivera. Uma consistência que erguia dentro dele um pedestal, uma escada, um trampolim.

No dia seguinte, ele pisava um novo chão: um chão encharcado de bebida, sangue, saliva e gozo; cheio de sêmen, fertilizado e manchado pela noite . Foi a partir dali que Nico desapareceu, nunca mais foi mais visto por ninguém. De dia, dormia, de noite, partia para essa jornada infatigável de sexo sem propósito, sem amor, sem sentido. Porém, nada podia detê-lo, nada podia matar aquela sede, nada podia fazer frente àquela fúria.

* * *

Nico sabia pouco sobre ela; ela pouco falava de si mesma. "Eu caí como um raio do céu azul" – dizia em resposta a qualquer pergunta mais pessoal -- "não tente me explicar". Num fim de noite noite, uma surpresa. Recostada na cabeceira da cama, ele disse que precisava contar algo para ele, antes que ele, sem saber, acabasse dando com a língua nos dentes para quem não devia nem podia saber nada sobre ela.

– Tenho ligações com certos grupos subversivos. Não participo diretamente das ações, mas colaboro. Uma encomenda ali, um recado acolá. Isso não é para ser comentado, muito menos ao telefone.

Uma noite dessas, um cara tinha dormido na casa dela. Não, não era o que ele estava pensando; era colaboração com a luta contra a Ditadura. Nada abalava Lila, nada aplacava o seu humor virulento e explosivo, apenas uma coisa a tirava do sério, a repulsa que sentia pelos milicos, pelos gorilas, como ela os chamava.

A mente de Nico não pisou no terreno do risco que ele corria; estava anestesiada pela paixão furiosa que a consumia. Uma só coisa o ameaçava: perdê-la e perdê-la principalmente para outro homem. Outro melhor que ele, outro mais capaz de dar a ela o que ele temia não ter o suficiente para dar.

Ela disse que não podia entrar em detalhes sobre os grupos, que ela chamava de Turma, nem das operações, nem do papel dela na coisa toda, nem de como foi atraída por eles. Apenas dizia que eles a achavam uma louca útil. Capaz de levar uma arma na bolsa para entregar em algum lugar prefixado para os militantes no meio da noite em uma rua escura do subúrbio.

Recebia tarefas que cumpria religiosamente. Nada ela tinha a temer, nem nada a deteria. Nico disse que a compreendia - mentira -, não queria pôr tudo a perder ao semear dúvidas em seu caminho.

– Não quero que você entre nessa, jamais pediria isso a você, e mesmo que eles me ordenassem, eu diria não. Quero você fora disso. Você é meu parque de diversões.

Uma noite, depois de circularem no velho fusca de Lila pela noite, vagando a esmo, transando no carro, bebendo em botecos obscuros, foram parados pela polícia, dois soldados. Eles fizeram uma vistoria de araque e disseram que encontraram uma bagana no cinzeiro. "Estão presos", falou o soldado mais velho com cara de cafajeste. Lila, no mesmo momento, pediu para falar com o tal policial reservadamente. Eles se afastaram, trocaram umas palavras e foram os dois para trás da viatura, portanto, distantes da visão de Nico e do outro policial, que ficou vigiando Nico com um sorriso cínico na boca. Eles não tinham encontrado baseado nenhum no fusca. A bagana na mão dele não era nossa, provavelmente, era deles, mas isso nao fazia diferença.

Ela veio de lá poucos minutos depois, ele parecia se recompor e ela com a cabeça erguida; perguntou: "Então tudo certo, estamos livres?" Ele moveu a cabeça afirmativamente e o outro abriu o caminho para eu passar. Dentro do fusca, Nico pergunta: "O que houve ali?"

– Boquete, Nico. O que você gosta. Ele disse que eu não tenho uma boca feita para beijo, tenho uma boca feita para boquete.

Nico sentiu um misto de nojo e medo. Ficou calado, parado, absorto. Queria ir para casa dos pais imediatamente, mas não conseguia dizer isso. Por fim, disse aos pedaços: "Não dá... mais... para mim".

– Vai me largar assim, depois de eu ter livrado a sua cara, vai bancar o otário?

Ele olhou para ela com repugnância. Ela tentou beijá-lo, ele a afastou dele com as duas mãos.

– Não encoste em mim. Você está fedendo a polícia. Nunca mais, nunca mais, você estragou tudo.

Ficou um silêncio pesado, ele meio que contendo o choro, ela lixando as unhas.

– Não posso ser tão maternal com você, gatinho. Preciso ser franca, antes que tudo comece a ruir entre nós. Se eu sentir que você não me vê como sou, vou cair fora.

Ele levantou a cabeça com o cenho franzido.

– Como assim? O que mais eu não sei de você?

– Eu não chupei o cara apenas para salvar nossa pele. Não sou tão boa samaritana. Eu tive tesão naquele cara logo que o vi. Eu queria muito fazer aquilo. A situação me excitou demais. Sou assim, não posso evitar. Sei que você vai dizer que eu sou cúmplice da repressão, que eu compactuo com os gorilas, mas existem coisas que estão além da minha compreensão, da minha escolha, uma delas é o sexo. É a minha fé, é que há de mais sagrado para mim, por isso, não vou negar, não vou resistir, não quero. Estou sendo sincera com você, e você é quem eu mais amo no mundo.

Nico abaixou a cabeça.

– Não quero esse amor de humilhação, amor de traição, amor podre, que fede a polícia. Acabou, estou fora. Vai procurar o batalhão!

Ela deu uma gargalhada enquanto ele abria a porta do fusca e partia sozinho pela noite escura. Ela o seguiu em marcha lenta, abriu o vidro da janela:

– Não faz assim, Nico, ninguém gosta mais de você do que eu, ninguém lhe dá o que eu lhe dou.

Nico dobrou a esquina e sumiu da vista. Dois dias depois, o fusca estava parado bem em frente à sua casa. Quando ele saiu, ela colocou a cabeça para fora e perguntou: "Que tal uma revanche, aceita? Tenho uma coisa para a gente fazer. Acho que isso vai saciar a sua sede de vingança. Sei o batalhão daquele cara, ele me disse. Quer aprontar uma para ele?"

A ideia era colocar um cacho de bananas no mastro da bandeira no Batalhão da polícia. Era um risco enorme para um resultado pífio: isso só iria aumentar a repressão e desencadear uma caçada; muita gente poderia dançar por causa disso. Lila escutou, pensou um pouco e disse:

– Sinopse: você tem medo. Quer se vingar ou quer passar a borracha em tudo que aconteceu?

Ele acabou cedendo, a raiva era muito grande. Encontraram os dois militantes do grupo FR (Força Revolucionária) em uma kombi no Centro da cidade, em torno das 23 horas. Eles tinham o plano todo armado. Não trocaram nenhuma palavra dentro do carro. Entre Nico e Lila havia um enorme cacho de bananas meio verde preso por um gancho de ferro. A função deles seria: um ficar na direção do carro, outro, na cobertura. Os dois caras, bem mais velhos que Nico, entrariam por uma porta lateral na hora exata em que a luz fosse desligada. Um deles levava uma pistola na mão e uma lanterna; o outro o enorme cacho de bananas. Pontualmente às 2h da manhã, houve o blecaute, eles imediatamente entram pela porta e desaparecem. Nico ficou do lado de fora, olhando fixamente para a estrada, vigiando se aparecesse algum carro, moto ou pessoa. Lila assumiu a direção da kombi. Foram longos 10 minutos. Qualquer barulho aleatório, fazia com que ele se arrepiasse da cabeça aos pés. De repente, os dois militantes saíram apressados pela mesma porta que entraram e foram direto para kombi, Lila ligou o carro e seguiu vagarosamente pela rua do Batalhão. Quando já estavam na esquina, um dos caras viu que as luzes já tinham voltado na região. Eles aceleraram, dobraram várias ruas e chegaram na esquina onde Lils havia estacionado o fusca, ela e Nico desceram e sumiram na noite.

Era um misto de glória e frustração. "Grande coisa", murmurou. Lila: "Ninguém vai saber disso, a não ser eles, mas vou passar o resto da vida imaginando a cara dos gorilas na hora do hasteamento da bandeira amanhã de manhã". No portão da casa dos pais dele, ela deu uma parada. "Vamos ficar uns dias separados, tá, gatinho? Está previsto no plano". E o fusca era o único carro circulando na madrugada fria.

[Lila}

* * *

Telefonema de orelhão. Lex.

– Você sumiu, irmão. Desapareceu, ninguém mais viu nem soube de você. Foi levado pelos homens?

– Nada. Estou aqui ainda. Na casa dos meus pais. É que passei no vestibular, vou cursar Letras. E fiquei meio sem tempo...

– Estou com uma ficha só, cara, não vou poder conversar. Queria ver você hoje.

– Não posso, Lex. Estou trabalhando aqui...

– Vou resumir então. Acabei conhecendo, por acaso, uma mulher e acabamos descobrimos que nós dois conhecíamos você. Foi dela que eu soube um pouco de....

– Quem é? – interrompeu Nico.

– Lola. Uma mulher incrível, ela disse que está sempre com você. Bicho, vai acabar a ficha aqui ...

Nico ficou em pé com o telefone no ouvido: *tum tum tum*. Sentiu uma onda de frio subir dos seus pés lentamente em direção à cabeça. Andou vagarosamente para o seu quarto, trancou a porta, sentou na beira da cama e sentiu que as paredes começaram a tremer, o chão a se abrir, o céu a despencar.

* * *

Alguns dias depois da Operação Cacho de Bananas, eles se encontraram. Sempre no fusca, como de costume. Vamos para onde? Não podemos ficar dando bandeira pela rua. Você nunca sabe o que eles sabem. De repente, já estão de olho na gente. Vamos a um motel de estrada, bem fuleiro, inclusive porque é o que podemos pagar. Motel com cama redonda, espelho no teto, espelhos em toda parte, luz vermelha: esse era o habitat natural deles.

Ela deitou-se na cama e ficou se olhando no espelho do teto. Nico de pé, encostado na parede, desabotoava a braguilha. Lila sem piscar os olhos ou se mover disse: pede aí duas cervejas e duas cachaças. Ele ao telefone, ouvia que não serviam cachaça. Se queriam conhaque.

– Tudo bem, manda.

– Você é uma filha da puta, Lola – disse Nico, à queima roupa.

Ela virou-se de costas para ele, mas o espelho da parede mostrava sua expressão de expectativa saciada.

– Não vai falar nada? Como conheceu Lex? Vocês transaram, foi isso? transaram? - gritou Nico, dando um soco que trincou o espelho.

Ela sentou-se, abaixou a cabeça e falou com uma voz pausada e tranquila.

– Não houve nada demais. Acabei conhecendo ele em um bar à noite. Naquela noite em que você não podia sair porque estava estudando para o vestibular, se lembra?

Lila odiava a ideia de Nico ter uma carreira acadêmica. Uma escolha burguesa e conformista. Preferia mil vezes que ele fosse um motorista de táxi. Levando e trazendo gente de um lado para o outro, onde o coração das coisas bate forte.

– Se você entrar na faculdade, vai ser o fim do nosso lance – ela ameaçava.

As cervejas e os conhaques chegaram. Nico abriu a porta para a ante-sala para trazer as bebidas. Ela virou o conhaque de uma vez e encheu o copo de cerveja.

– Não vamos brigar hoje, por favor, estou angustiada, tenho tido sonhos horríveis, pressentimentos macabros. Vamos falar disso outro dia, na praia, debaixo de um belo céu azul.

– Não há mais belo céu azul, Lila. Nunca mais haverá céu azul. Isso foi no ano passado. Responda pelo menos a minha pergunta: vocês transaram?

Ela sorriu e disse: "sabe aquele ditado "não pode ver defunto sem chorar? Sou eu.

Ele deu um tapa no rosto dela, ela deu dois nele de volta.

– Ninguém me bate, sem que eu peça. Ouviu? Ninguém. E quer saber? Transei com ele, mas não foi pouco, não, foi muito, muito, muito, até perder os sentidos.

Nico estava sentado no chão, de cabeça baixa, Qualquer coisa que passasse pela sua cabeça para dizer, evaporava na quentura da sua mente. Uma sensação enorme de inutilidade foi tomando conta de tudo. Mais cerveja, mais conhaque. Mais cerveja, mais conhaque. Até que uma voz disse:

– Não tem mais bebida para vocês, não. A gente dá preferência para quem fica o período básico, depois de duas horas, é a seco mesmo.

Lila ficou furiosa:

– Canalhas.São eles, estão por aí em todos os lugares. Eles tomaram conta de tudo. Não temos mais saída.

E começou a chorar de desespero. Nico nunca tinha visto ela naquele estado. Acabou abraçando-a em um impulso, e beijando-a, a princípio ternamente Mas, subitamente, ela cravou as unhas nas suas costas e o sangue escorreu. Foi quando começaram a transar, mas de um modo como nunca tinham feito antes: ferozmente. Enquanto transavam, quebravam coisas no quarto, luminárias, tv, arrancaram parte do papel de parede sem interromper o sexo, rasgavam lençóis, perfuravam os travesseiros. Rolavam e se mordiam na cama, no chão, Quando ela se lembrou dos batons e lápis de sobrancelhas, começou a pichar o quarto inteiro, ele subia na banqueta para escrever no teto: "Ditadura, filha da puta. Milicos assassinos. Che. Mao. Morte, Morte, Morte." Isso durou horas, até que caíram desacordados, cada um para um lado, cobertos de sêmem, sangue, cuspe. Tinham se esfregado nas paredes e a tinta escura das pichações manchava seus corpos. Nao dava para saber o que tinha sido sexo e o que tinha sido depredação.

Ele acordou com uma placa de sangue seco no peito, provavelmente causada por um caco de vidro. Ele acendeu a luz branca, e ela não parecia estar dormindo, seu corpo tinha hematomas, seu rosto tinha uma brancura fria e macilenta, parecia morta. Nico a sacudiu, sacudiu, gritou com ela, berrou. Nada. Apagou a luz branca para evitar o horror daquela imagem e começou a andar de uma lado para o outro sob a luz vermelha. Chorava, falava sozinho, choramingava, balançava a cabeça num ato de negação do pensamento. Até que, de repente, ela abriu os olhos manchados de tinta escura e perguntou pelo horário,

– Pede a conta rápido, eles vão acabar descobrindo essa merda toda aqui.

O quarto estava arruinado: roupas de cama rasgadas, espelhos estilhaçados, paredes e teto completamente pichados. Ele colocou o roupão, saiu para pagar a conta, tentou parecer normal, o funcionário o olhou com desconfiança, mas a conta foi paga. Eles tinham que fugir antes que viessem checar o quarto. Entraram correndo no carro e Lila acelerou. Quando se aproximaram da cancela onde teriam que entregar o ticket, Lila acelerou ainda mais e, em alta velocidade, passou levando a cancela junto..

No volante, ela ria meio louca e dizia,

– Quem é inocente nesta porra deste país, hein? Não tem inocente mais não, está todo mundo com rabo preso.

E emendou:

– Ah, tem uma coisa que eu esqueci de dizer sobre o seu amigo. Ele veio com um papo que tinha transado com você, que tinha rolado uma coisa forte entre vocês dois.

– O quê??

– Foi o que ele disse.

– Nunca, nunca houve nada. Houve uma coisa assim, sem mais nem menos, mas nao foi sexo. Por que ele disse isso para você?

– Não complica, gatinho. Ele me perdeu ali. Disse que mulher de amigo meu para mim é homem -- e soltou uma daquelas gargalhadas.

– Isso não faz o menor sentido – Nico disse pensativo.

– Eu não dou a mínima para isso e, nesse caso, quanto mais você negar vai ser pior para você - completou ela.

O carro seguia em alta velocidade pelo asfalto molhado. O rádio começou a tocar *Helter Skelter e* Lila aumentou o som. Aquele som alto e distorcido fazia com que o fusca parecesse estar em contagem progressiva para explodir:

When I get to the bottom, I go back to the top of the slide
Where I stop and I turn and I go for a ride
Till I get to the bottom and I see you again...
Tell me tell me tell me the answer...[11]

Nico desligou com tanta força o rádio que arrancou o botão. Só horas mais tarde, sentado na cama, quando abriu a mão, viu o botão do rádio dentro dela, e recuperou, ainda atordoado, num flash, o que tinha acontecido no carro.

***

No dia seguinte, os dois acordaram machucados, com braços e pernas doloridos demais para andar ou fazer qualquer coisa. Estavam cheios de hematomas pelo corpo, os olhos roxos, bocas cortadas nos cantos, supercílios feridos. Diante disso, resolveram então que ficariam em quarentena no apartamento dela. Era impossível sair na rua naquele estado. Ela pediu que a farmácia entregasse remédios e assim passaram uma semana, solidariamente, cuidando dos ferimentos, das contusões, dos hematomas que causaram um ao outro.

A solidariedade, como os hematomas, foi lentamente desaparecendo e dando lugar, aos poucos, à indiferença indolor e imperceptível. Eles agora eram dois animais que se machucaram feroz e mutuamente e passaram a ter consciência do ódio em potencial que os habitava. O monstro dormindo que eles não deveriam nunca mais acordar.

CAPÍTULO 9: QUEM VOCÊ GOSTARIA QUE ESTIVESSE AQUI COM A GENTE?

Lost in a Roman wilderness of pain (the Doors)

N ico abriu a porta do quarto de Alex e foi direto ao assunto:

— Qual é a sua, Lex? O que você foi contar para Lila?

— Não contei nada para Lila, contei para Lola - responde Lex, sem olhar para ele, distraído com carrinhos de sua coleção.

— Para de palhaçada. Vamos nos entender aqui e agora. Me olha na cara e me diz: Você queria me separar dela? Queria ocupar o meu lugar, era isso?

Sem se virar para olhar o amigo, Lex respondeu, segurando o seu adorável *Porsche* vermelho conversível:

— Como eu poderia ocupar o seu lugar, Nico? Eu não caibo no seu lugar. Não calçamos o mesmo número, bicho. – E, virando-se para Nico, acrescentou: – O que eu contei para a moça foi apenas o que aconteceu. Não tem nada demais naquilo, foi um momento de pureza, de inocência até.

— Do que você está falando? - retrucou Nico, sentando-se na cama.

— Contei que transamos, foi isso - disse calmamente Lex, voltando-se de novo para a estante – Nada demais. Ela também não achou nada demais. Já transou com garotas também, não acha uma aberração, acha natural.

— Lex, nós não transamos -- Nico disse, levantando-se e indo até onde Lex estava .Ele olhou nos olhos de Lex e perguntou: Por que você inventou isso, cara?

— Transamos, e não tem problema nisso, Nico.

Lex falava como se estivesse explicando algo para uma criança, com a voz baixa e suave.

— Sexo não muda nada. Não deixei de ser eu nem você deixou de ser você. Sexo não muda porra nenhuma, não faz diferença, não acrescenta, não soma, não subtrai. Aquele salto do penhasco no mar que demos juntos foi muito mais transformador do que o sexo que fizemos. Sexo é uma miragem. Transamos e acabou, o vento levou, morreu o assunto. Você é meu melhor amigo, mas aquilo aconteceu. Por quê? Porque você quis, irmão, você meio que forçou a barra. Ficou com tesão em mim. Foi coisa do momento.

Nico voltou a sentar-se na cama, apoiou os cotovelos nos joelhos e escondeu a cabeça entre as mãos. Depois de alguns segundos assim, retomou:

— Não sei mais quem é você, está dizendo coisas sem sentido. Só posso achar que está fazendo tudo isso para ficar com a Lila. Isso é uma deslealdade surpreendente vinda de você, Lex.

— Não, não - disse ele rindo alto. – Eu contei para ela porque foi uma coisa pura, verdadeira, tinha um sentimento nobre - continuou Lex no mesmo tom meio sóbrio, meio distraído olhando atentamente para um *Karmann-Ghia* amarelo que segurava em uma das mãos. Em seguida, largou o carrinho na estante e voltou-se para o Nico agora com um jeito firme e num tom mais agressivo:

— Rapaz, por sua causa, eu ainda posso ser preso, esqueceu que eu já até matei um cara porque ele estava a fim de você?

— A fim de mim? Ele estava a fim de me matar! - disse Nico arregalando os olhos e franzindo o cenho.

— Isso é coisa da sua imaginação, viagem de marca de Caim, a verdade é que o cara queria foder com você. E nós matamos ele. Foi um crime passional – disse Lex prendendo o riso.

Ele estava parado em frente a Nico, olhando-o com um ar divertido. Nico parou de respirar, enfurecido, mexendo a cabeça de um lado para o outro; nao, nao, nao...

— Estou de onda, amigo, Não, não, não fica assim desolado, não. Você é tudo o que eu tenho - disse Lex, sentando-se ao lado dele na cama e colocando o braço sobre o ombro do amigo.

— O que você está fazendo, Lex? Você está me deixando maluco.

— Você é quem me deixa maluco, Nico. Já disse que não me ligo a ninguém, nada me prende, nem Angélica me prende, nem essas garotas todas aí aos meus pés me prendem. Ninguém chega lá no meu chão sagrado, ninguém nunca pisou lá. Só você podia.

— Como assim, eu podia? - perguntou Nico, tirando o braço do Lex do seu ombro.

— Eu quis machucar você, é isso. Melhor, eu queria que você quisesse que eu machucasse você. Eu queria ver até onde é possível ir com isso. Onde se pode chegar quando se entra nessa.

— O que é isso, é uma prova? É o quê? - perguntou Nico levantando-se e colocando-se de frente para Lex, que permaneceu sentado na cama.

Depois de um longo silêncio, Lex, respondeu:

— A gente nunca sabe mesmo de nada. Quando eu vejo Angélica, sei de tudo dela, sei o que é penetrá-la, sei o que é sentir o que eu posso ter dentro dela, colher o que eu colho, ir buscar lá e catar cada coisa, recolher cada coisa. Mas eu, que sou a tempestade, que sou a bonança, que vou lá no azul e mergulho no abismo, volto sempre sem nada. Ela diz que é ela que volta sem nada, mas não, sou eu. O vento me atravessa, não há nada em mim que segure, que resista que se oponha e essa corrente gelada que vem do Ártico. Esse vento que vem e me transpassa de um lado a outro e que me faz sentir esburacado. Não sou inteiriço, sou vazado. Isso me aproxima estranhamente de Jones. Ele não tem nada desse meu lado voador, dessa asa de águia que eu tenho. Jones rasteja, é um lagarto, mas não um Deus-lagarto, um lagartinho apenas, eu não, eu voo, mas não tenho o ouro, não tenho as coisas preciosas senão por instantes e por empréstimo. Sou um desperdício, minha vida é um desperdício, que se esgota toda e de uma vez em tudo que faz, e não sobra nada para mim, não resta nada. Nunca. Você, não, você tem o ouro, irmão. Você tem a prata. Às vezes eu só queria estar aí. não sei onde em você, e saber como é ser assim, inteiro, acumulando esse tesouro interno.

— Você não sabe nada de mim mesmo, Lex. Mas que coisa é essa de você querer me machucar? Que coisa maligna é essa? Tem raiva de mim?

Lex assistia Nico dizer essas coisas em silêncio. Depois de refletir um pouco, murmurou:

— Nada disso. É apenas o que eu poderia ter de você. Quero dizer, é o meu esforço para que eu possa ter alguma coisa de você em mim. Nunca senti esse desejo nem conheço a sua natureza, mas o fato é que essa necessidade começou a surgir em mim quando eu me senti sozinho pela primeira vez, desgraçadamente sozinho.

— Lex, todo mundo é sozinho mesmo, mais cedo ou mais tarde a solidão se torna uma realidade incontornável. Não fui eu que fiz você sentir isso.

Lex se levanta, vai até a parede com as miniaturas e de costas para Nico, diz:

— Você me faz sentir isso, sim. Uma solidão que eu desconhecia. Você me fez pisar nesse chão perigoso.

Nico não se conforma, balança a cabeça:

— Não dá para entender isso. Você nunca precisou de ninguém nem de nada. Sempre autossuficiente, com pessoas girando em torno de você como cupins em volta da luz. E agora você me acusa de algo que desconheço. Sempre vi você como quem eu queria ser.

Lex ainda de costas, continua:

— Como foi você que, querendo ou não, provocou isso em

mim, eu concluo que só em você eu posso encontrar a resposta. Eu bem que busquei, e você sabe, essa resposta, e acabamos por eliminarmos juntos as alternativas, agora sobrou apenas a violência bruta e a distância.

— Você está se enrolando para tentar dizer isso.

Lex volta-se então para ele e diz.

— Não, isso é que é enrolado mesmo. Mas o fato é que você é um enigma para mim e isso não é nada bom para você.

— Essa é boa, sou responsável por sua crise?

— Talvez eu possa me explicar se você me ajudar. Eu me sinto como se estivéssemos nos aproximando do fim, do fim de tudo. Tenho um pressentimento que algo terrível vai nos acontecer - diz Lex em um tom sombrio.

— Está fixado no Mantovani, não é? Eu não devia ter levado você a fazer aquilo. Acho que é isso que você vê em mim, um manipulador. Eu mexi com coisas estranhas dentro de você, e agora está tudo de cabeça para baixo na sua alma. Você não se reconhece mais, não é isso?

— Não é culpa o que eu sinto, Nico. É raiva. Talvez aquilo tenha tido um papel no que eu sinto agora, mas porque revelou essa minha falta de rumo, esse estado de perambulação que me domina. Queria ter essa raiz que vejo em você.

Depois de um longo silêncio, Nico perguntou:

— Quem você gostaria que estivesse aqui com a gente?

— Você fez essa mesma pergunta no dia do salto do penhasco. Lá e aqui, só tem uma pessoa no mundo, depois de você, que eu gostaria que estivesse sempre comigo e você sabe quem é.

***

O telefone toca, toca, toca, no meio da noite. Passa das 3h da madrugada. É Angélica. Jones cometeu suicídio. Jogou-se das pedras atrás do MAM depois de uma sessão dupla de Nicholas Ray. Essa última informação Nico descobriu depois, revendo a programação no Caderno B. A manchete d' O Dia era simbólica:

"Trucidado no Aterro". Uma foto dele caído lá embaixo nas pedras, com o bamba de Mickey Mouse, sua calça e camisa social, seus cabelos longos espalhados na pedra úmida. Ele enfim havia conseguido estancar o vazamento.

Nico não conseguia tirar os olhos do jornal. Jones nas pedras reproduzia sua posição favorita, a mesma quando Nico o viu pela primeira vez na casa de Lex – uma clara antecipação de sua morte. Aquilo não podia ser real, mas era mais real que a realidade. O jornal tinha captado tudo, aquele jornal-lixo tinha mostrado tudo. Toda a fineza, e delicadeza, o refinamento daquela alma adolescente, sua perseverança, sua teimosia infantil, seu desejo de dar estilo ao seu caráter, estava tudo jogado ali. Aquela manchete, por mais absurda, tinha contado para todo mundo, para qualquer um que parasse naquela banca de jornal, que aquele menino melancólico, tinha sido trucidado. Essa verdade nua e crua foi dita sem subterfúgios, em letras enormes, acima daquela foto que ocupava quase toda a página. A morte dele foi tratada como um fato descomunal, como uma declaração de guerra mundial, um terremoto, uma tragédia mundial. E era só para relatar a morte do garoto triste.

Não dava para ver pela foto as veias azuladas da sua pele, a delicadeza das suas mãos, suas unhas bem aparadas, seus cílios, seu tênis 38, seus pés pequenos, mas dava para ver alguma dor, uma dor pulverizada. A dor dele tinha saído no jornal, sim, estava lá estampada na primeira página. Quem passasse pela banca, olharia aquela manchete e aquela foto, e teria dó. Sairia dali pensando: "Pobre rapazinho triste, você se foi sem dizer adeus para os amores que despertava, sem se importar com os amores imensos que sentia, você voou como um passarinho".

CAPÍTULO 10: A DESCIDA

Desperately in need of some stranger's hand

In a desperate land (The Doors)

Q uinze dias depois da morte de Jones, Nico começou uma descida. Não saberia dizer como começou. Só sabe que começou a descer, a princípio como se escorregasse lentamente de um tobogã, depois, como se caísse em câmera lenta, em queda livre, sem ter onde se agarrar. Não podia atribuir a causa dessa queda somente a Lila, embora ela o tenha arrastado várias vezes para o abismo. Ele suspeitava que ela continuava se encontrando com Lex, mas não tinha nenhuma prova disso. Por mais que Lex tenha agido com uma ambiguidade dilacerante e o tivesse traído, sentia que ele não estava na origem daquela dor. Mesmo a morte de Jones que ligou um alarme e acendeu uma luz vermelha permanente na sua cabeça também não era o que o fazia chorar por dias e noites.

Ele tinha ouvido falar de dor de dente na alma, mas essa é uma expressão que não se aplicava ao que ele sentia. A dor de um dente, mesmo como metáfora, é demasiado tangível, demasiado localizada, demasiado identificável para servir de comparação. Além de a dor de dente ser uma dor seca. O que Nico sentia era uma dor líquida, que o levava às lágrimas a cada pensamento,visão ou qualquer outra sensação. Ele não conseguia mais separar=se do que sentia, sentia a dor e ele era aquela dor e nada mais, sentia o desespero e ele era exatamente aquele desespero. Para sobreviver, adotou uma austeridade mecânica, fazendo coisas de modo automático e aparentemente normal, sem que ninguém percebesse.

No início, pensou que aquele pântano existencial poderia fornecer matéria para literatura - talvez para a poesia. Mas não, aquela era uma experiência estéril. Não conseguia escrever uma linha sobre ela. A experiência consumia tudo dele e nao devolveria nada em troca exceto ela mesma. Conseguiu remédios para dormir e dormia. Ao acordar, chorava. Chorava porque ele ainda era ele e o mundo continuava a ser o que era.

Não sabia se algum dia aquela dor teria fim. Pensou que Jones poderia ter se sentido assim em algum momento do seu calvário. Mas o sofrimento de Nico era atroz justamente por não apontar para nada, Sua força residia na sua absoluta imprecisão, e sua dor estava no fato desconcertante de não ser nada.

***

Numa tarde Angélica foi até a sua casa. Ela parecia tão abalada quanto ele. Ficaram no quarto, em silêncio, por trinta minutos até perceberem que eles não tinham o que dizer. Qualquer tentativa de falar sobre a tragédia que viviam só pioraram as coisas. Ela trazia nas mãos uma pequena caixa antiga de madeira, com formas geométricas incrustadas em madrepérola. Ela estendeu a caixa para ele e disse: "É sua..

— Como é minha? Nunca vi essa caixa antes.

— Eu sei. A Ulah pediu para eu entregar a você. É uma espécie de presente, sei lá.

— Você continua vendo essa feiticeira? Ela vai acabar com você. E aqueles bichos que ela esconde naquele quarto? Que coisa sinistra é aquela?

— Nada disso é verdade, Nico. Ela tem dois cães negros belíssimos, Hécate e Cérbero, são uns amores. E apenas para você saber, ela tem me ajudado muito com a coisa do Jones e do Lex.

— O que tem Lex?

— Você sabe, ele se afasta de mim e me faz sentir inútil, tola, vazia, estúpida, mas depois ele me quer de volta e me busca, e eu vou. Ele desaparece, eu o procuro, e ele se esconde. Depois me liga, diz que está com saudade, e eu vou. Nico, isso não tem fim. Quem me salvava desse círculo do inferno era o Jones, você sabe disso. Penso que talvez Jones pudesse me amar de verdade, se ele não estivesse tão quebrado. Ele sempre cuidou de mim, nunca contei isso a você, mas eu ia lá e batia na porta do quarto dele, e muitas vezes ele estava no auge daquelas crises absolutas, deitado no chão, no escuro, em posição fetal, como um animal ferido, que se esconde por medo de ser pisado. Mesmo assim, ele abria a porta, sem falar uma palavra, me abraçava, e nós chorávamos juntos. Eu sentia uma proteção enorme vindo dele, como uma nuvem fresca e macia. E eu me pergunto: como alguém que não tinha mais nada por dentro, apenas o vazio, podia ainda me dar aquela proteção? De onde vinha aquilo? Em alguns desses momentos de carinho, nós acabávamos transando. Não me pergunte como eu conseguia, nem como ele conseguia. Era um tipo de sexo por compaixao, de ambos os lados. Da parte dele, parecia que via aquele lance acontecer no seu corpo e resolvia não fazer nada para impedir, largava de mão. Ele se deixava ser apenas corpo, e eu recebia tudo aquilo com ternura, me entregava completamente a ele, como se dele viesse o gesto do fim do mundo para me salvar. E, no entanto, sentíamos que estávamos a uma distância enorme um do outro. Eu, nas nuvens altas cor de chumbo; ele no fundo de um cânion. Mas o estranho é que algo milagroso acontecia nesse vão. Isso é muito triste de falar agora, mas na hora não era. Ele tinha uma bondade enorme, uma benevolência, eu...

— Lex sabe disso?

— Deus, Nico, claro que não. Lex via o Jones como um protetor espiritual. Depois que ele morreu, a gente pôde perceber o quanto ele era isso para cada um de nós, como nos protegia, como nos salvava, como nos amava. Como foi possível que uma pessoa se desintegrando assim na sua frente, sofrendo coisas extremas, ainda pudesse ser o anjo da guarda de alguém? E nós, nós não fizemos nada para salvá-lo, nada.

— Talvez nós tenhamos feito apenas o que nos era possível. Ele repudiava tanto a ideia de salvação que a mera tentativa de nossa parte seria recebida à bala..

— Bem, eu já vou.

— Leva a caixa e devolve para Pandora.

— Não, isso nunca, Ulah não me perdoaria. Inclusive estou aqui em uma missão.

— Como assim, missão?

— Ela me passa missões semanais. Tarefas simples que, aparentemente, não significam nada, mas que, segundo ela, têm um sentido que escapa à nossa consciência, mas não escapa aos nossos guias internos.

— Guias internos?? Credo!

— Ah, chega! Não quero vulgarizar coisas profundas que me fazem levantar da cama de manhã. E não comente nada do que eu falei com Lex. Ele pode até se matar - ou me matar - se souber do meu lance com Jones.

Quando ela saiu batendo a porta, alguma coisa também estremeceu dentro dele, e seus olhos foram parar na caixa de madrepérola em cima da cama. Ele esticou o braço e a tomou nas mãos.Tinha um cheiro de incenso almiscarado. Tentou abri-la, mas estava fechada. Quando a virou, viu que, colada com durex no fundo, havia uma pequena chave. Enfim, conseguiu abrir a caixa e lá estavam, destacadas do fundo de veludo verde musgo, duas bolas brilhantes pretas: uma com a imagem da lua em azul claro e outra com a imagem do sol em vermelho. Elas cabiam exatamente na palma da sua mão fechada, como se tivessem sido feitas para serem seguradas uma em cada mão. Eram leves, resistentes, e lisas como bolas de árvore de Natal. Ele se viu ali parado com uma bola em cada mão, o sol e a lua sorrindo para ele, mas um sorriso que lhe pareceu de advertência. Advertência de quê? Imediatamente, ele as colocou de volta na caixa, passou a chave e, ao colocá-la na estante, foi tomado por uma leve tontura e depois um enjoo. Julgou que pudesse ter aspirado algo tóxico da caixa. Arrastou-se até o banheiro e vomitou, vomitou tudo o que tinha por dentro. Depois caiu em um sono pesado por horas e horas.

No dia seguinte, com o rosto escondido no travesseiro, ele sentiu novamente aquele cheiro que vinha com a caixa, mas agora era um pouco diferente. Tinha dificuldade de identificar a origem daquele novo odor: uma acidez, algo orgânico e azedo, misturado com sândalo e almíscar. Ele foi ao banheiro para ver se ele não havia limpado bem o vômito que se espalhara no piso. Mas tinha, o chão estava bem limpo. Mesmo assim, ele passou mais uma vez um produto de limpeza e um pano ao redor do vaso sanitário.

Voltou ainda tonto para a cama e o cheiro persistia. Devia estar entrando pela janela. Trancou a janela. Passou um pouco de lavanda nos braços, no pescoço, e deitou-se novamente. Estava exausto mesmo depois de horas de sono profundo.

O cheiro foi aumentando com o passar do tempo e ele começou a suspeitar que estava vindo da tal caixa. Mas ao abri-la e cheirar o tecido interno, não encontrou nada que lembrasse o odor repulsivo. Pelo contrário, da caixa vinha apenas a mesma fragrância de incenso. Passou aquela noite acordado, o cheiro impregnando o ar. Abriu a janela, ligou o ventilador no volume máximo, mas nada afastava aquele cheiro, que agora parecia quase palpável. O ar estava espesso.

Foi então que uma ideia começou a germinar em sua mente: aquele cheiro horrível vinha dele mesmo. O sofrimento, a tristeza, o vazio - tudo isso não apenas doía dentro dele, mas agora era exalado e respirado por ele.

Passou a tomar vários banhos por dia, usando sabonetes, perfumes e shampoo. Escovava os dentes, mas o cheiro agora vinha também dos cabelos e dos pés. Esgotado, ele caia sobre a cama, como se desabasse sobre um monte de estrume e gosma. Uma onda daquele cheiro putrefato subia pelas paredes e descia sobre ele..

Não conseguia entender por que o que sentia dentro estava do lado de fora. Ele estava apodrecendo psiquicamente, e isso combinava perfeitamente com aquele choro tão incessante. Era o choro da putrefação.

Três dias depois, ele tinha atingido uma espécie de clímax olfativo e existencial. Já não buscava entender o que era aquilo, tratava-o como inimigo. Foi então que, no meio da madrugada, ele deu um salto e de súbito virou a cama para cima e a amparou o estrado na parede. Foi a cena mais terrível que ele presenciou na vida. No chão onde estava a cama, bem no centro, ele viu algo que, na hora, julgou estar vivo, uma espécie de pássaro branco numa pose do Espírito Santo, deitado de frente com as duas asas levantadas, e cabeça virada para o lado. Estava evidentemente morto, cercado por centenas de vermes enormes que rastejavam pelo chão. Foi uma visão infernal, ele nunca tinha visto tantas criaturas repugnantes cobrindo uma área tão grande. Quando levantou os olhos para o colchão, agora de pé contra a parede, ele deu um passo para trás num reflexo de repulsa. O colchão estava repleto de vermes que subiam na direção do lençol. Vermes imensos em movimento. Isso indicava que naquela mesma noite eles estariam em cima na cama onde ele dormia e chegariam até ele.

Ele se trancou no banheiro. O choro agora era diferente. Aquela pomba, aqueles vermes, aquela ameaça silenciosa sobre a qual ele havia dormido dias e dias o fez enxergar algo que ele jamais poderia conceber por si mesmo. Estava tudo ali, a sua situação como ser humano materializada, sua impotência em mudar a direção da sua vida. Ele era refém de um Espírito Santo morto, um pombo-correio maldito dos infernos.

Ele mesmo limpou a cena da revelação. Foi um trabalho árduo, de aceitação. Sabia que não estava se livrando do Espírito Santo morto, mas apenas confirmando sua presença. Recebera a mensagem, não importava de onde ela vinha. Dali em diante, dias e noites se sucederam sob o domínio daquele signo.

Abriu de novo a caixa madrepérola e de novo segurou o sol e a lua uma em cada mão. Ulah de algum modo tinha premeditado aquilo tudo. A rota dos seus dias iria mudar, como em uma reordenação planetária.

CAPÍTULO 11: O CHÃO PERIGOSO

The eagle picks my eye
The worm, he licks my bone
(Lennon/MCcartney)

Trinta dias depois da morte de Jones, Nico recebeu uma carta devolvida com um carimbo de "endereço não encontrado". Estranhamente, ela tinha sido postada em seu nome, alguém usando o seu nome e endereço como remetente. O destinatário inexistente chamava-se Raskolnikov de Azevedo, endereço de SP. Por isso, a carta demorou tanto para ir e voltar. Era uma evidente brincadeira. Ele abriu o envelope. Havia um bilhete de Jones para ele:

Nico, sou eu, Não se assuste, não planejei nada de mal para você. Apenas vá ao Palácio às 15h do dia 15 deste mês. No corredor, em cima da viga de madeira, (passe a mão com cuidado por cima dela), você encontrará algo muito especial que eu deixei para você. Por favor, realize meu último desejo e não comente isso com ninguém. Direto da eternidade, com todo amor,
Jones Fahrenheit

Nico ficou parado, segurando a carta. "Que diabo será isso, meu deus?" - pensou.

***

No dia 15, um pouco antes das 15h, Nico subia a colina na

direção do Palácio. Antes de chegar ao segundo piso, ouviu vozes de pessoas conhecidas cochichando lá em cima. Eram Angélica e Lex - eles também tinham recebido cartas de Jones.

— Você também recebeu a carta, Nico? – perguntou Lex com uma cara de espanto.

— Sim, vocês já viram o que é? Não? Vamos ver logo isso.

— Viram o quê, Nico? Vamos com calma - inverveio Angélica - Jones era meticuloso e calculista. Se ele planejou isso antes de morrer, precisamos entender melhor o que estamos fazendo.

Nico sentou-se no chão, olhando fixamente para a carta. 'O que ele escreveu para vocês?', perguntou, a voz com o tremor da sua apreensão.

— A minha carta era simples e curta – disse Angélica – dizia que eu precisava estar aqui a esta hora, 15h, e que eu entenderia tudo quando chegasse aqui. Mandou um beijo para Verlaine. E só. E a sua Lex?

— Também foram poucas palavras — respondeu Lex. — Ele explicou mais ou menos o que eu deveria fazer ao chegar aqui. Dizia que eu devia encontrar instruções que estariam em um envelope em cima de uma viga do corredor. Pediu perdão por ter traído nossas confidências.

— Traído confidências? Você entendeu isso, Lex? – perguntou Nico.

— Não, não entendi. Só vamos compreender o que estava na cabeça do Jones quando acharmos o tal envelope. É o que vou fazer agora.

Lex caminhou até a viga de madeira, as suas mãos tremiam levemente ao deslizar sobre a superfície áspera. Tateou com cuidado, sentindo as ranhuras e farpas. Uma delas furou seu dedo, por um instante, ele imaginou ter sido picado por um escorpião. Controlou o seu medo até que tocou em algo liso e frio, um papel, E, ao retirá-lo, viu que era um envelope lacrado com as palavras *Crime e Castigo* escritas na frente. Eles se entreolharam, perplexos. Lex rasgou a borda do envelope e tirou de dentro uma foto em *Polaroid*.

De início, não conseguiram distinguir bem a imagem. Era uma foto escura, tirada à noite, mas quando observaram melhor, viram a luz de um poste e duas pessoas em movimento. Nico pegou foto para examiná-la com mais atenção. Era a noite do assassinato. Alguém, de alguma janela em algum edifício da orla, havia capturado o exato momento em que eles fugiam, passando sob o poste de luz.

Nico caiu de joelhos no chão, murmurando:

— Dá para identificar quem são.

Lex ficou lívido e paralisado. Angélica, confusa, olhava para a foto e para os dois, repetindo:

— O que é isso? O que é?

Lex abaixou a cabeça e murmurou:

— Jones fotografou o crime que cometemos, Angélica. Sim, é isso.

Atrás da foto, naquela letrinha de mosquito do Jones, estava escrito o que Lex leu em voz alta:

Pois é, amores da minha vida, eu estava lá, vi e fotografei tudo. Lex me contou o plano, não foi, Lex? En passant, como quem não quer nada. E eu, que sou vidrado no Blow-Up do Antonioni, não hesitei em documentar o crime. Por quê? É uma história longa demais para esse espaço, mesmo para a minha letrinha miúda. Resumo: mandei essa mesma foto para um jornal de grande circulação. Ela vai chegar lá em uma semana. Lex precisa impedir que isso aconteça, ou vocês dois apodrecerão na cadeia.

O que eu peço de imediato é um pacto invertido, um pacto de dispersão: prometam neste momento que nunca mais se encontrarão. Eu tenho meus motivos para pedir isso. Confiem em mim. De hoje em diante, terei apenas uma existência postal. Troquei a posteridade pela postalidade. Nada mal: circular pelo mundo em cartas devolvidas. O fantasma dos envelopes, o mensageiro sem destinatário. Afinal, o que são os mortos senão cartas que nunca chegam ao seu destino? Sou a exceção.

Foi trabalhoso planejar tudo isso, mas tenho certeza que está valendo a pena. Sempre sonhei ser uma carta devolvida.

Lex vai receber em dois dias um postal com instruções para

116

interceptar o envelope fatal. Angélica e Nico ficam de fora dessa
parte.
Light my fire
451
PS. Me queimem logo, babies. Aqui na eternidade postal faz um frio
danado.

Depois que Angélica ouviu, incrédula, o que a carta não revelava, eles se sentaram no chão, deram-se as mãos e choraram. Não sabiam o que Jones queria dizer com "tenho meus motivos, mas sabiam que, se a carta chegasse a imprensa, Lex e Nico seriam presos pelo assassinato de Mantovani.

O preço era alto. Tudo o que tinham eram uns aos outros. No início, pensaram em não fazer a promessa, mas apenas interceptar a carta, depois, algo começou a mexer com os seus instintos.

Andavam de um lado para o outro da sala, fumando, chorando, praguejando.

— Por que você foi contar para Jones, Alex? O que você tinha na cabeça? – perguntou Nico.

— Eu não contei – respondeu Lex – nós tínhamos uns papos meio soltos, falávamos de qualquer coisa, sem prestar atenção. Muitas vezes, nem sabíamos direito o que dizíamos ou ouvíamos. Nem me lembrava que tinha mencionado o plano do assassinato do Mantovani. Como podia imaginar que Jones registraria tudo aquilo, e pior, ainda fotografaria a cena? Sinceramente, não dava para imaginar. Em uma semana, ele bolou tudo: instalou-se em um prédio e conseguiu as fotos. Não sei quantas.

— Isso já não importa mais – disse Nico. – O que importa agora é apenas uma frase: "eu tenho os meus motivos". Quais motivos seriam esses para ele planejar nossa separação? Por que ele faria isso?

Ficaram calados, trocando olhares, buscando uma resposta.

— Talvez ele soubesse de algo que não sabemos sobre nós mesmos -- disse Angélica.

— O que você quer dizer? - perguntou Lex.

— Não sei. Ele era tão perspicaz, tão arguto, tão observador que pode ter percebido que, sem ele, poderíamos nos destruir. Ou que um de nós poderia destruir os outros dois - insistiu Angélica.

— Vocês não estão levando em conta a coisa mais importante: Jones era louco. Sim, nós o amávamos, mas ele tinha delírios, paranoias, visões. Não podemos continuar seguindo-o depois de morto. Isso seria insano. Só faria sentido se nós entendêssemos os tais motivos. Sem isso, é um salto no escuro. Não quero e não vou fazer esse pacto de dispersão - disse Nico.

— Então você sugere interceptar a carta e não fazer a promessa? - perguntou Lex.

— Sim, é o mais sensato - respondeu Nico.

— Sua sensatez é uma ofensa à memória de Jones -- disse Angélica. – O que você pensa da amizade? Está colocando em dúvida os sentimentos que tínhamos por ele? Os mortos não merecem mais a nossa lealdade? Não precisamos cumprir os compromissos que temos com eles? É uma monstruosidade.

— Nico, Jones sempre teve razão – acrescentou Lex. – Mesmo quando dizia palavras aparentemente sem sentido, havia sempre uma lógica profunda que nos escapava por trás delas. E agora, ele nos deixou esse enigma: um pacto que nos separa, mas talvez nos salve de nós mesmos. Ele conhecia muito bem cada um de nós e ninguém nos amou tanto quanto ele. Não podemos negar a ele esse pedido.

Os três ficaram em silêncio, ninguém podia escapar da decisão. Angélica cobriu o rosto com as mãos, tentando abafar seus soluços. Lex encostou a cabeça na parede, os olhos fechados, enquanto lágrimas silenciosas escorriam por seu rosto. Nico olhava para o chão, suas duas mãos seguravam a foto com força. Cada um deles sentia, como nunca, a presença de Jones nas suas vidas — quem pode trocar amizade por amizade?

— Suspendo a minha sensatez, por enquanto -- disse Nico. Seria desleal não tentar entendê-lo nessa hora. Jones não teria agido se não fosse por um amor imenso por nós três. Mas entendê-lo é entender que ele está nos coagindo, está nos ameaçando de um modo terrível. Ele nos ameaça com a cadeia, pelo menos para mim e Lex. Ele encontrou uma maneira de exercer um poder sobre nós mesmos depois da morte, usando a única arma que tinha: a verdade. Ele nos ameaça porque acreditava que estamos a beira de nos destruir - e talvez ele esteja certo. O crime que cometemos não prova isso? Mantovani caiu do céu - ou do inferno - nas mãos dele."Jo

— Tem mais, Nico, não podemos deixar de ceder a essa ameaça, porque quem sabe o que mais ele tramou? Quantas armadilhas deixou para que nós não nos perdêssemos por aí? Quantas cartas estão voltando devolvidas dos lugares mais distantes? E voltando para quem?

Os três se entreolharam, e, naquele momento, algo clareou em suas mentes: a promessa não era apenas um pedido de Jones - era uma prova de caráter. Ele os estava desafiando a escolher entre a lealdade a ele e a lealdade a si mesmos. E, ao fazê-lo, os forçava a confrontar o que a amizade realmente significava.

Jones os tinha colocado em um beco sem saída. Se não cumprissem a promessa e interceptassem a carta, revelariam toda a mesquinhez de suas almas. Agiriam como criminosos que, para escaparem da justiça, traem um amigo que os tinha ensinado o valor da amizade. Essa lucidez atingiu a todos no mesmo instante como um relâmpago. Chegando à mesma conclusão, deram-se as mãos, e chorando, prometeram, um a um, que jamais se encontrariam novamente. Ficaram de mãos dadas sentindo o peso enorme que o Jones tinha sobre as suas vidas. Agora, teriam que partir cada um para um lado.

Angélica foi a primeira a partir. De cabeça baixa, evitando olhar para os dois, saiu lentamente. Logo depois, seus passos rápidos ecoaram escada abaixo. Em seguida foi Nico. Ele deu um longo abraço em Lex, os dois encostaram as suas testas uma na outra e ficaram assim por um bom tempo. Amargamente, Nico foi embora, arrastando os pés, como se esperasse que um milagre o impedisse de partir.

Lex ficou de pé no centro da sala escura. Agora, ele estava sozinho como nunca havia se sentido antes. Ergueu a cabeça, respirou fundo e tirou o isqueiro no bolso do jeans. Acendeu a chama que iluminou seus olhos vermelhos e queimou a foto incriminatória com a mensagem de Jones. As chamas azuladas, alaranjadas, esverdeadas, eram como pequenos fogos de artifício, como se Jones estivesse se fazendo presente ali. "Queime, queime, Jones", sussurrou Lex com uma voz quase inaudível. "Queime, meu anjo Fahrenheit. Você que lançou a sua vida fora como uma flor no rio, agora arde em minha alma. Você estará sempre aceso aqui, no meu peito, onde quer que eu vá e por quanto tempo eu durar. Mas agora, queime, meu amigo, queime."

DOMÊNICO X

CAPÍTULO 12: OS SURFISTAS ESPIRITUAIS

She makes love just like a woman

But she breaks just like a little girl (Dylan)

Semanas se passaram, e a promessa vinha sendo rigorosamente cumprida. Lex tinha conseguido pegar a carta das mãos do carteiro antes que ela chegasse ao jornal. Nico estava inteiramente absorvido pelo livro de poesia que, enfim, publicaria. Angélica, porém, mergulhara em uma depressão profunda. A ausência de Lex havia revelado o quanto ela dependia dele. Achava que não conseguiria sobreviver sem ele e já tinha tentado de tudo para preencher o vazio.

No início, Angélica sentiu um contentamento que amenizava o sofrimento causado pela morte de Jones. Não era um contentamento real, mas apenas um alívio passageiro da dor. Um alívio que vinha da promessa da qual ela se orgulhava de cumprir.Passava os dias refletindo sobre como a amizade supera a morte, elevando-nos a alturas que jamais chegaríamos com as nossas próprias pernas. Abria a gaveta onde guardava seu tesouro e relia bilhetes do Jones, via fotos dos quatro em vários momentos de alegria, revia ingressos de cinema, acariciava a pedra ele trouxera para ela da rua, ou um compacto simples do *Procol Harum*[12] com dedicatória. Tudo isso enchia o seu coração de compaixão e fazia sentir-se satisfeita com ela mesma. Eventualmente, encontrava-se com uma amiga ou outra, mas era justamente nesses momentos que se sentia mais só. Percebia sua incapacidade de participar das conversas: não achava graça do que riam, nem se interessava pelas novidades. Esses encontros foram rareando, até ela passou a evitar qualquer contato com aqueles amigos com quem não tinha a intimidade que compartilhava com Nico e, sobretudo, com Lex. Diante deles, a falta que sentia se abria como um abismo diante dela.

Sozinha e isolada, passava os dias ouvindo discos, mas a música não a consolava. Permanecia em um estado lastimável. *The Doors* nunca entravam na vitrola. A última vez que ouviu *The End*, no fim de uma tarde cinzenta, uma crise de ansiedade a derrubou como uma onda. O ar sumiu, o peito apertou, e ela chegou a vomitar. Abriu a janela, respirou fundo várias vezes e caminhou em círculos dentro do quarto por um bom tempo, tentando recuperar algum controle sobre si mesma.

No dia seguinte, não quis sair da cama. E foi então que, do nada, ela começou a ansiar conscientemente por Lex. No início, era como uma sede no deserto; depois, uma dor que vinha de um vazio espiritual. Uma dor que a cortava por dentro. Bastava fechar os olhos, e Lex sorria para ela. Quando dormia, ele estendia a mão, ajudando-a atravessar o precipício por uma ponte precária, mínima. Ela pisava na madeira bamba e ia em sua direção. Acordava com palpitações. Nao comia, mal dormia e sentia que a sua cabeça estava desgovernada. Andando na rua, de repente alguém passava usando o perfume de Lex – era uma promessa de felicidade e uma fisgada no peito. Ela sentia o gosto salgado da pele de Lex em qualquer coisa que provasse e, facilmente, transportava-se para aquela tarde na praia no primeiro encontro com ele. E, de novo, sentia uma vertigem e caia na cama. Estava doente. Desenganada. Precisava ver Lex ou morreria.

A promessa que fizera a Jones começou surgir na sua mente, não mais como um ato nobre, mas um obstáculo, algo ruim, que colocava sua existência em risco. Algo dentro dela gritava: "Livre-se dessa maldita promessa". Ela sabia que ceder a essa tentação seria abdicar do sublime. Mas foi o que fez.

***

Era um verão escaldante aquele quando ela soube que o Lex estava em Saquarema em um campeonato de surf. Tinha ido sozinho de moto. Pensando que, entre cumprir a promessa ao Jones ou morrer, ela preferia trair a memória do amigo, no dia seguinte, Angélica foi, de ônibus, ao encontro de Lex. Depois de perambular pela cidade, descobriu que ele estava hospedado numa casa de pescadores perto da praia, junto com outros surfistas. Quando Lex deu com ela no portão, o primeiro impulso foi fugir, como se estivesse prestes a cometer um segundo crime. Mas vê-la tão frágil – com os olhos fundos, o rosto marcado por um sofrimento prolongado e vazio de esperança – fez com que ele não resistisse. Deu-lhe um longo abraço e a levou para dentro da casa. Conversaram brevemente sobre a promessa, mas ficou evidente que nem Jones suportaria vê-la sofrer tanto assim.

O ambiente da casa, porém, de modo algum agradava Angélica. Era um entra e sai de pessoas desconhecidas, e ela se sentia vivendo em um ponto de distribuição e consumo de drogas. Tudo isso a afastava de casa. Lex passava o dia no mar, surfando ou assistindo às competições, enquanto ela preferia se afastar da multidão e ficava lendo um livro na parte mais vazia da praia ou trancada no quarto que Lex havia alugado para os dois.

De madrugada, tinha receio de ir ao banheiro ou simplesmente ir à cozinha para tomar um copo de água. Não sabia com quem poderia encontrar no caminho. Em geral, os surfistas eram simpáticos, educados e respeitosos. Havia muita seriedade e, ao contrário do que se podia imaginar, um profundo silêncio na casa. Eles se comunicavam usando poucas palavras, falando apenas o necessário, com voz baixa e gestos mínimos. Ela estranhava aquele ambiente quase monástico. Todos eles pareciam ter mais de vinte e cinco anos. Eram adultos. E isso também a incomodava. Quando não estavam surfando, estavam jogados no sofá, espalhados pelo chão, quietos, pensativos. Ela se assustava ao passar pela sala e vê-los ali, em silêncio. Sérios, mudos e ligeiramente melancólicos. Não havia música na casa. Nada combinava com a imagem que ela fazia dos surfistas típicos, imagem que a sua imaginação pintara ouvindo *The Beach Boys.*

Uma noite, perguntou a Lex o que estava acontecendo ali. Ele respondeu que eles eram zen-budistas. Que o surf, para eles, era uma prática espiritual, uma espécie de meditação, e quando não estavam na água, tendiam a reproduzir o mesmo comportamento mental em terra. Mesmo com os pés no chão, estavam sempre espiritualmente surfando.

Ao todo, pelo menos entre aqueles com quem manteve algum contato, eram sete. Duas mulheres e cinco homens. Não sabia se alguém namorava alguém; nunca viu um casal abraçado ou qualquer gesto que indicasse um relacionamento amoroso, embora todos parecessem ligados por um laço afetivo não desatável.

Lex era treinado pelo mais velho deles, Marlin, que aparentemente tinha mais de trinta anos. Marlin exercia um tipo de liderança no grupo. Uma liderança à moda deles, quieta, plácida, sem que a autoridade se manifestasse na voz, nos gestos, nas atitudes. Dava para perceber que era um líder porque seguia à frente, e os outros costumavam acompanhá-lo.

Lex contou para Angélica que Marlin, como instrutor de surf, tinha um método próprio: "Vem comigo, faça como eu " - esse era seu lema. Ele raramente corrigia ou criticava. Em vez disso, repetia sua manobra com calma, convidando o aprendiz a imitá-lo, reproduzindo seus movimentos, como se o surf fosse uma dança silenciosa.

Uma tarde, o mar estava agitado demais, e Lex resolveu não se arriscar. Sentou-se ao lado das pranchas fincadas na areia. Marlin juntou-se a ele. Foi o único momento em que trocaram algumas palavras e Lex soube o que se passava na cabeça dele.

Marlin apontou para uma onda que se formava ao longe e disse: "Observa agora como ela vai se erguer como o dorso de uma baleia. Cada onda é uma criatura marinha como outra qualquer. Você precisa reconhecer cada uma delas - são milhares de espécies - para ser iniciado nessa arte das ondas. O surfista é um domador de ondas; ele não as domina, ele se incorpora a elas, como o grande amante que se integra à amada e se deixa levar por ela. A mente dele está sempre do lado de fora dele. E quando consegue essa proeza, ele se converte também em criatura marinha."

Lex ousou perguntar:

– Como eu posso chegar lá?

Marlin abaixou a cabeça e deu um sorriso, algo que raramente fazia.

– Não se chega lá. Ninguém chega lá. Não existe um lugar, um ponto de chegada, para onde você deve ir. O que existe é cada momento isolado, você não deve ligar os pontos para ver o desenho. Deve manter sempre os pontos desligados; não queira nunca ver a figura inteira. Contente-se com o perfil, o momento isolado do contínuo.

– Com quem você aprendeu essas coisas, Marlin? - perguntou Lex, cheio de admiração.

– Não se aprende isso com alguém. Só o mar é o mestre – respondeu Marlin olhando a linha do infinito.

* * *

Uma noite, movida por uma sede incontrolável, Angélica tentou acordar Lex mas foi em vão. Resolveu ir à cozinha beber água, algo que jamais havia tentado fazer. Abriu a porta e cruzou lentamente o corredor, passando por cada uma das portas trancadas dos quartos. Ao chegar na cozinha, notou que havia uma boca do fogão acesa e uma panela no fogo. Enquanto enchia o copo com água do filtro de barro, voltou-se para a panela que chiava e a tampa que balançava enquanto fervia. "O que estariam cozinhando naquela hora?" Enquanto se perguntava isso, uma chuva torrencial começou a cair de repente. Ela olhou pelo basculante da cozinha e viu as árvores do lado de fora serem sacudidas violentamente pelo vento. A pergunta, no entanto, persistia: o que cozinhavam? Caminhou devagar até o fogão e abriu a tampa da panela com todo cuidado para não fazer barulho. Ao levantar a tampa, para a sua surpresa e pavor, viu várias seringas na fervura da água. Quase deixou a tampa cair de sua mão. Com cuidado, colocou-a de volta no lugar, fechou a torneira do filtro – a água já transbordava do copo -- e bebeu a água de um gole só. Voltou ao quarto em passos rápidos mas silenciosos, como se qualquer barulho fosse causar um desastre.

Fechou a porta sem fazer ruído, abraçou o corpo de Lex, que dormia pesadamente, tremendo de medo. Era inútil tentar acordá-lo, então ficou ali em vigília, colada nele. Quando o abraçava, sentia vindo dele aquele aroma de maresia, mas não apenas isso: sentia o cheiro da terra molhada, as nuvens úmidas roçando o rosto, a chuva torrencial da primavera, as folhas secas caindo das árvores e um azul estendido no céu como uma imensa tela formando uma paisagem de nenhum lugar conhecido, mas uma paisagem que vinha apenas dele. Ela sentia-se abraçando florestas e rios e ondas e nuvens e chuvas, montanhas e mares, cardumes e pássaros. E então, quando estava perfeitamente integrada à cena, ela dormia um sono infantil.

De manhã, antes de sair da cama, ela contou tudo a Lex.

- Eles não são budistas, são junkies.

Lex simulou uma expressão de cansaço e perguntou:

– Onde está escrito que budista não pode ser junkie?

Ela o olhou estupefata e perguntou irritada:

– os deuses são astronautas, então?

Ele virou as costas e saiu. Os monges estavam ainda na sala jogados no chão, no sofá, um para cada lado, com os olhos abertos e aquela expressão de beatitude que lhes era tão característica.

Naquele mesmo dia, Angélica resolveu voltar para casa e aguardar lá a volta de Lex. Ele tinha decidido ficar. A última bateria da competição ocorreria naquela tarde. Ele a levou até o ônibus e ela o abraçou, continuando abraçada a ele até que ele disse:

– Me larga, está me apertando, o que é?

– Estou com medo de deixar você aqui com esses zen-surfistas.

– Eles são as melhores pessoas que eu conheci na minha vida, Angélica. Eles vivem apenas o aqui e o agora, eles descobriram a eternidade. Um presente contínuo, ondulado, infinito, inabalável.

– Para que precisam da heroína?

– É o corpo de Deus que é assim, é a hóstia deles.

– Isso soa como um sacrilégio. Vai entrar nessa?

– Sempre estive nessa. Você é que nunca percebeu. Eu quero atingir esse estado mental, esse *satori*, esse distanciamento lúcido e calmo.

– Isso significa adeus?

– Não, porque adeus é uma palavra dramática, prefiro dizer até.

– Até o quê?

– Até sei lá.

Angélica entrou no ônibus com os olhos úmidos e quando procurou os olhos dele, ele já tinha virado as costas e partido.

***

Dois dias depois, ela soube do acidente na estrada que matou Lex. Ele estava em alta velocidade, tentou ultrapassar uma carreta e bateu de frente em um caminhão que vinha no sentido contrário. Seu corpo foi lançado a uma enorme distância, mas caiu em uma moita que amorteceu a queda, embora já estivesse morto quando caiu. Seu corpo ficou intacto, sem um arranhão.

No velório, estavam lá todos os monges surfistas. Cada um deles levou uma flor de hibiscus e as depositou no caixão, em torno da cabeça de Lex como se fosse uma guirlanda. Lex, belo como nunca, parecia um deus adolescente descansando. Havia serenidade no seu rosto, mas havia também uma profunda melancolia.

Angélica chegou no velório logo depois, de mãos dadas com Nico. Foram diretos para ver o Alex como se ele os aguardasse. Pararam na cabeceira e ficaram imóveis. Lex estava como o garoto do Taiti que ela viu na praia. tostado de sol, com aqueles hibiscos amarelos e vermelhos na cabeça. Ela e Nico se entreolharam com os olhos úmidos; tinham visto a mesma cena. Agora, tinham que seguir em frente sem essa proteção e a esperança que ele representava. Angélica estava gelada, sem nenhuma reação emocional, sem expressão. Pensava em Jones, na traição que ela fez a memória dele. "Será que ele já sabia que tudo isso iria acontecer, como é possível?"

Quando o enterro estava prestes a sair, uma mulher de preto, com uma espécie de véu cobrindo seu rosto desceu de um fusca. Entrou olhando para o chão, caminhou até o caixão e procurou a mão de Lex por debaixo das flores. Segurou-a com as suas duas mãos e colocou algo dentro da mão fria dele e a devolveu de novo para o fundo do caixão. Era Lila.

Nico foi até ela e sussurrou:

– O que você está fazendo aqui com essa roupa de viúva?

Ela, sempre de cabeça baixa, respondeu seca:

– Respeite a dor alheia. Essa dor é inteiramente minha, nem um pedacinho dela é seu.

– O que você colocou na mão dele?

– O anel que ele me deu.

– Você não presta mesmo. Você é um demônio.

– Agradeço o convite, mas não vou poder participar do enterro, tenho uma tarefa para cumprir hoje. Para o seu governo, essa roupa é um disfarce para uma ação da Turma, nada a ver com a morte de Lex.

***

Algumas semanas depois, Angélica caminhava apressadamente na direção da colina. Ergueu os olhos e viu na meia-lua da varanda do segundo piso do Palácio uma mancha escura, sem dúvida era Ulah. Ela apertou o passo e, pouco depois, desatou a correr. Ulah observava lá do alto aquela exibição de ansiedade e desespero tão comuns em pessoas dependentes de coisas, de pessoas e de drogas. Angélica chegou arfando depois de ter subido as escadas voando como um pássaro.

Sentada como de costume na sua área, Ulah a convidou a se sentar junto dela. Angélica tem algo a dizer, algo urgente.

– Preciso de uma dose agora pelo amor de Deus.

– As coisas não funcionam assim, você sabe. Esse material é raro, e caro – disse Ulah, com uma expressão de reprovação, enquanto abria com delicadeza um rolo de couro envelhecido, onde seringas e agulhas estavam cuidadosamente ordenadas, presas por presilhas de metal. Ulah apreciou, por alguns momentos, a beleza do estojo, que a fazia recordar tantas coisas preciosas, voltou-se para Angélica, ainda com um meio sorriso pensativo, e continuou:

– Eu gostaria que você começasse a se aplicar. É um passo necessário para quem entra nesse mundo.

– Não, por favor, não me peça para fazer isso. Desde criança, eu tenho verdadeiro pavor de agulhas. Imaginar uma delas entrando nas minhas veias é um suplício. Eu talvez possa apenas fumar a droga e não injetá-la, o que acha?.

– Fumar é um desperdício, minha querida. Uma dose se reduz à metade em termos de efeito. E a grana? Você trouxe? Essas coisas parecem, mas não caem do céu; não são dádivas divinas. Elas vêm dos subterrâneos, atravessam montanhas, rios e fronteiras, transportadas por lhamas, helicópteros e canoas. São muitas vias até chegarem às suas veias, minha boneca.

Angélica abriu a bolsa de pele de carneiro, um pouco amarelada pelo uso, e pegou uma bolsinha de astracã, de onde retirou algumas notas de dez dólares. Ela tinha conseguido descobrir o segredo do cofre do pai. Estava retirando aos poucos as notas para que ele não desconfiasse, mas isso era com o que ela menos se importava.

– Essa é a última vez que eu aplico em você. Da próxima vez, vai ser você mesma. E vai se surpreender ao descobrir que, após a segunda vez, a mera visão da agulha despertará em você um desejo avassalador, uma antecipação de um prazer divino. Você vai implorar por ela, vai ansiar pela picada como se já fosse o efeito. "Dá-me uma agulha, por favor, só mais uma agulha" - declamou. Já ouviu falar no cachorro de Pavlov? Ele salivava ao ver a luz, associando-a à comida: a luz acende e o cachorrinho saliva.

– A natureza é sábia, não é, minha doce princesa? Agora me dê logo esse braço tão belo como o de uma dama de Modigliani. Ah, mas que pena, já não está tão belo assim, está ficando todo mercadinho dessas picadas. Você precisa fazer umas compressas quando chegar em casa com uma receita de ervas que eu vou lhe passar hoje. Vai diminuir muito essas marcas e essas manchas roxas.

***

Querido Nico,
Minha vida está por um fio. Sinto que ela se esvai a cada dia. Depois da morte de Lex, eu comecei a perambular por todos os lugares em busca de algum alento. Sim, penso no Jones o tempo todo. Ele lamentaria muito o fato de eu ter me tornado uma

figura desprezível, bêbada, sendo abusada por qualquer pessoa que me prometa alguma paz. Muitos deles me batiam, mas eu nunca reclamava, como se merecesse cada bofetada. Sentia que eu era assim agora. Um dia eu me sentei numa calçada e ali mesmo dormi - ou caí desacordada. Nunca mais soube ao certo se havia dormido ou desmaiado. Foi aí que Ulah passou de carro, me reconheceu e me levou com ela.

Ela cuidou de mim, me alimentou, me deu banho, trocou minhas roupas. Quando me olhei no espelho, pude me enxergar de novo. Era eu, Angélica. Essa sensação de acolhimento durou pouco. Nos dias que se seguiram, eu senti de novo a velha angústia, que foi cavando aos poucos um buraco enorme no meu peito. Era quase como se o ar me faltasse; meu coração batia forte e minha cabeça, inquieta, não era mais capaz de sustentar um pensamento sequer. Ulah observava tudo aquilo de longe, sentada num canto tecendo um xale de lã prateado para mim. Ela, coitada, fez várias tentativas de me trazer de volta para um chão qualquer, mas para onde eu tinha ido não tinha mais volta. Ela me queria para ela como um tesouro, uma relíquia de outras eras, mas eu não reluzia, não tinha mais o antigo brilho, nem tinha nada para oferecer. Foi quando ela me apresentou a heroína. Foi a minha salvação: ela me deu o que eu tanto queria do Lex e ele não tinha para me dar. Pude recompensar Ulah como ela merecia e a minha dor transformou-se numa tranquilidade sem fim. Evidentemente, precisei do dinheiro do meu pai, mas isso nunca foi um problema. Queria estar com Ulah, perto dela como uma gata mansa no seu colo. Ela me fazia ler em voz alta livros sagrados de que eu nunca ouvira falar e mal conseguia pronunciar as tais "palavras ancestrais". Ela dizia que aquilo ia me libertar da droga, mas eu não tinha a menor noção do que era liberdade ou prisão, escolha ou obrigação.

Penso em Lex e o que ele representou e representa para mim. Agora nesse estado de absoluta tranquilidade, vivo como se tivesse recebido uma iluminação. Posso entender melhor o que Lex significava para mim. Vejo todos nós reunidos como fazíamos. E sinto que não saímos de lá. Lex me fez sentir e precisar de coisas que eu jamais teria sentido e precisado. No início, eu fazia um uso recreativo dessas coisas. Era como se eu visse um mundo inteiro dentro de Lex, coisas preciosas, nunca vistas por ninguém, e sem as quais eu não poderia sobreviver. Eu havia passado da recreação para a compulsão sem perceber. Eu dava a ele o que ele não me pedia, e nem precisava. O que eu pedia e precisava, ele não tinha para me dar. Quando ele pressentiu isso, tentou recuar, mas era tarde. Ele me amava por compaixão e eu o amava por devoção cega. Sua morte me arrancou do solo e me lançou para alto, como ele foi lançado no acidente. Nunca mais pisei de volta ao chão.

Queria que você soubesse que essa garotinha tola ainda guarda você no coração. Sei que vamos cumprir a parte que sobrou da promessa que fizemos a Jones, mas sei também que você estará comigo para sempre.

Beijo,
Angélica

***

Fim de tarde, Nico foi sozinho ao Palácio, impulsionado por algo inexplicável - talvez o desejo inconfessável de quebrar a promessa e rever Angélica. Olhou em volta e sentiu-se imerso em um cenário de um filme antigo. Sentou-se no chão, no lugar em que Ulah costumava se sentar, e dali avistou um pedaço da varanda onde Angélica adorava se deitar. Ele tentou espremer a sua alma para ver se conseguia sentir algo - tristeza, saudade, qualquer vestígio de sofrimento -, mas encontrou apenas um vazio. Olhava friamente para tudo. Estranhou-se. "Será que já sofri tudo de uma vez? Será que o sofrimento voltará um dia de novo? Será que já voltou e eu não o identifico?" Encostou a cabeça na parede e viu Lex de pé na sua frente, fitando-o fixamente Fechou os olhos. A verdade é que as coisas tinham se afastado dele na velocidade da luz. Quando exatamente as coisas começaram a se despedaçar? Imagens desbotadas de um passado fotográfico esmaecido passavam na sua mente. Tudo era tão recente, mas já perdiam a cor e o contorno com uma rapidez assustadora. Das pessoas, restavam apenas os olhos que o encaravam, como se perguntassem: "O que você fez de você? " De repente, um odor de farmácia, um cheiro de ambulatório, invadiu o ar - algo como amoníaco ou similar. Ele manteve os olhos fechados, a calma e a razoabilidade. Sabia onde aqueles cheiros podiam levá-lo. "Algum viciado pode ter largado ali restos de algum produto químico?" Foi então que sentiu a presença de mais alguém na sala, uma respiração sutil na penumbra do fim de tarde. Não abriu os olhos de imediato, mas, ao fazê-lo lentamente, percebeu pelo canto do olho um vulto sentado, as costas encostadas na parede, as pernas esticadas na frente e os pés cruzados, calçando mocassins lilazes. Do rosto, apenas o sorriso era visível. Nico reconheceu aquele sorriso e a elegância persistente, mesmo em situações mais degradantes. Aquela presença impossível estava ali ao lado dele no lusco-fusco do crepúsculo. Era Mantovani, agora um espectro. O cheiro de éter, formol ou amônia jorravam dele como de uma fonte inesgotável. Um frio cortante atravessou a sala, fazendo Nico encolher-se. Assim, Mantovani anunciou sua presença, pelo odor químico das autópsias e pela friagem dos necrotérios. Fazia isso, para não deixar dúvidas de que a sua presença era real. Era ele, em pessoa, que estava ali, não era um delírio.

— Você está morto - sussurrou Nico, quase que para si mesmo

— Isso é um exagero - retrucou Mantovani. Perdoável, dada a situação em que você se encontra. Morto, eu não estou, mas digamos que eu esteja . . . encantado. Um riso diabólico escapou dos seus lábios, revelando um dente de ouro, que brilhou na penumbra.

— Achei que eu já tinha mandado você de volta para o inferno.

— Fez isso, sim, *Enchanted Boy*, mas faltou assinar o despacho. A morte - saiba você - tem burocracia também do outro lado.

— O que falta para você sumir da minha vida, Mantovani?

— Não seja pusilânime. Tente olhar além, um pouco mais acima. Pergunte-se se você está pronto para a finitude. Se estiver, eu posso colaborar com você. Mas lembre-se: o tempo após o fim é longo, muito longo.

— O que você quer dizer com "pronto para a finitude"?

— Pergunto se você sabe o que quer conquistar na vida, se sabe onde quer chegar, estou falando de suas ambições. Estou tentando fechar um negócio com você, Nico.

— Colaborar como?

— Basta me despachar *comme il faut*. Assine aí nesses pontinhos acima do seu nome completo, meu caro Domênico – indicou algo com o dedo, mas Nico não olhou. – Eu sou o mestre da ampulheta, não se interessa?

— Está falando do tempo? Quem é você, estou falando com Montovani? - perguntou Nico, tremendo de frio e levantando a gola da jaqueta.

— Nomes, nomes, que coisa enfadonha. Se eu estou aqui, só posso ser quem você pensa que eu sou, ora. Sou Proteus, serve?

— De que tempo precioso você dispõe para me oferecer?

— Ah, até que enfim despertou! Não o tempo entediante que a arte de hoje oferece, mas um tempo de prazeres ilimitados e de sofrimento dilacerante. Algo para artistas de fino trato. E você já pagou algumas prestações por ele.

— O que você quer dizer com isso?

— Quero dizer que a condição para que eu vire a ampulheta é você não ter relações amorosas ou amizades intensas. Paixões humanas, para ser mais claro.

— Não seja repulsivo, Mantovani, eu jamais renunciaria a esses sentimentos nobres.

— Já renunciou, você se esqueceu da promessa que fez a Jones? - a criatura trouxe à luz fraca do fim do dia o rosto de Fahrenheit, não a face hedionda, mas o doce semblante que murmurou:

— Perdão, Nico, foi Ele quem me obrigou, me perdoa, meu querido amigo, eu traí vocês, Ele sempre esteve entre nós …

— Jones, não é possível, Jones … esses eram os seus motivos?…

— Chega de sentimentalismo barato agora, ô garoto babaca - cortou Montovani cortou agressividade - você já deixou a sua humanidade para trás. Agora, precisa seguir em frente e deixar o tempo da criação escorrer na ampulheta.

— Por que fui o escolhido?

— Ah, até que enfim uma boa pergunta. Sabemos desde cedo

quem tem o talento e predisposição de caráter para os atos do nosso gosto. Evidentemente não estaríamos aqui se não tivéssemos sido evocados...

— Nunca evoquei vocês, malditos.

As pálpebras dos olhos de Nico tremiam fechadas como em um sono REM. Falava como um sonâmbulo, e, após um esforço enorme, conseguiu abrir os olhos. Mas não enxergou nada na sua frente; a escuridão já tinha descido do céu. O palácio estava mergulhado nas trevas. Ele acendeu um cigarro, deu um longo trago fazendo brilhar uma brasa dourada no breu. Levantou-se e foi até a varanda. Ficou ali alguns minutos, pensativo, observando a paisagem que agonizava como uma fruta que apodrece lentamente. Quando finalmente partiu, sabia que jamais voltaria àquele lugar. O Palácio tinha se tornado um lugar assombrado.

DOMÊNICO X

CAPÍTULO
13: DÁLIA, DALILA, LILA

Her name was Magill, and she called herself Lil
But everyone knew her as Nancy (Lennon-MacCartney)

O telegrama chegou pela manhã, bem cedo. Nico ainda estava sonolento. Foi abrir a porta se arrastando, assinou o papel com os olhos semicerrados e só depois atinou que poderia ser algo relacionado ao seu livro. E era. Ele ganhara o prêmio de melhor livro de poesia do ano da prestigiosa Associação Nacional de Poesia. Seus olhos se arregalaram e seu coração bateu forte. A grana não era lá essas coisas, mas o prêmio daria a ele certo prestígio, um primeiro degrau na escada que ele queria subir. Ele precisava apenas ir aos Correios e enviar a carta de aceite assinada, com firma reconhecida, conta bancária e cópias de documentos de identidade.

Sentiu do peito uma alegria suspeita, vulgar e arrogante, subir pela garganta e dançar no seu semblante. "Nós, os impostores, não temos direito aos louros da glória, muito menos a essas alegrias baratas " - pensou. "Na cabeça, os louros se cravam e doem como uma coroa de espinhos. Sim, sim, é isso", ele não conseguiria se enganar. Mas paralelamente a esses pensamentos roedores, uma coisa estava acontecendo dentro dele há algum tempo. Uma aguda percepção da miséria de sua condição conjugava-se com a determinação cega de ir adiante da melhor maneira possível, custe o que custar, passando por cima de quem fosse.

Por um desvio perverso, o que havia de puro e limpo em sua vida corria para desaguar no ralo dos dejetos, não contra a sua vontade mas, pelo contrário, com a sua cumplicidade mais profunda e, portanto, menos visível. Uma parte trabalhara desde sempre, no subterrâneo, como uma fera interna bem alimentada, para que ele aprendesse a conviver com as pequenas misérias existenciais. À sombra das suas aventuras mais nobres e altas, dormia, sendo cevado, aquele pequeno monstro – hello darkness my old friend.

Ele já sabia, há tempos, que as instituições culturais não estavam imunes ao que há de pior na humanidade, pelo contrário, eram antros de vaidade, soberba e corrupção, mas se ele foi escolhido por uma delas isso só podia significar que de alguma forma seu livro serviria de combustível para azeitar a máquina suja. A premiação de um adolescente talentoso certamente poderia conferir à instituição um brilho de desprendimento e desenvoltura - ou, melhor dizendo, de vigor juvenil - para a artrose e as varizes que ameaçavam explodir a qualquer hora seu organismo envelhecido. Por isso, imploraram, "vinde a nós o sangue novo das criancinhas ". Afinal quem não sabe que nada se perpetua sem mudança, não é mesmo? E esse jovenzinho teria vindo mesmo a calhar, cochichavam entre si as hienas acadêmicas.

Essas constatações doíam lá no fundo, mas quem eram elas diante da necessidade de saber em qual cartório mais próximo ele tinha firma reconhecida, como chegar aos Correios de forma mais rápida? Todas essas urgências ajudaram a banir os pensamentos funestos para a face escura da lua.

Seu livro, *Como o Pólen das Flores Voa*[13], reunia poesias escritas antes e depois de seus encontros com Fahrenheit e Ulah. Era, em suma, um relato poético desses encontros. Dividia-se em duas partes: *Pólen* e *Pólvora*.

A primeira parte, *Pólen*, era dedicada (não sem ironia) a Jones e trazia aquele tipo de poesia que tanto irritava Fahrenheit, mas que, no livro, ganhou uma camada sutil de ironia. Os especialistas interpretaram essa ironia como "desconstrutiva" e, portanto, extraordinária. Domênico contorcia-se de rir ao ler as resenhas; os críticos mordiam avidamente todas as iscas que ele havia ardilosamente preparado.

A segunda parte, *Pólvora*, era dedicada (não sem humor) a Ulah e tinha um caráter mais experimental. Causou frisson ao jogar a linguagem contra si mesma de um modo nunca antes ousado — o que teria deixado furiosa a autora de *UPHARSIN*, por considerar um pastiche de suas ideias, feito para "agradar críticos, divulgadores e outras toupeiras", como ela diria.

Pólen continha os poemas mais vigorosos, escritos no período que Domênico chamava de "rimbaudiano". Eles receberam uma pátina de distanciamento, mas mantinham a intensidade daqueles anos. Já *Pólvora* exibia uma aura transgressiva. Abria com o *"Poema inédito de Manuel Bandeira Apagado*[14]. Em uma nota, o autor afirmava ter recebido das mãos de Bandeira o poema manuscrito. Ele apagou o texto com uma borracha, fotografou o final do processo e publicou o resultado, colocando uma uma seta indicando o pó resultante e descrevendo-o como "poeira de poesia".

No poema seguinte, Domênico retirou todas as vogais do célebre soneto de Olavo Bilac, *Ouvir Estrelas*, e substituiu-as por outras letras, criando um texto em parte ilegível e, em parte, obsceno ou enigmático. Ele riscou a palavra *Ouvir* do título original e escreveu por cima *Explodir*. *Explodir Estrelas* foi, como ele esperava, recebido com choque e deleite. O livro não entrou para a lista dos mais vendidos, mas foi saudado como uma grande promessa. Um crítico paulista exclamou, entusiasmado: "Evoé!"

**

Nico caminhava pela rua como um resoluto Raskolnikov em direção dos Correios carregando nas mãos uma pasta com toda a papelada pronta, assinada e carimbada. Ao chegar, um cartaz preso por durex bem na parede da entrada dos Correios o fez parar abruptamente. Era uma propaganda política com vinte fotos ¾ de subversivos procurados - vivos ou, de preferência, mortos. O cabeçalho pedia que se denunciasse os traidores da pátria. Imediatamente seus olhos correram pelas fotos saltando de uma a outra como uma bolinha de *pinball,* para não perder tempo e não chamar a atenção dos olheiros e colaboradores do odioso regime. Na segunda linha, a última foto era do Nando - a mesma foto da caderneta do colégio. Seu coração apertou e sua mente se perdeu, mas mesmo assim ele seguiu percorrendo as fotos com os olhos. Na quarta linha, a terceira foto era a dela, Lila. O nome era outro – Dalila (codinome Nancy) – mas sem dúvida alguma era ela. Seu rosto tinha um aspecto saudável e safado (a foto não era atual, mas a beleza era a mesma), com aquela mesma petulância que, até mesmo para o fotógrafo, ela exibia. Era ela desafiando o olhar alheio, com a costumeira empáfia com que encarava qualquer futuro possível.

Ele entrou na fila dos Correios com o coração saindo pela boca. Perscrutou sua caixa torácica para saber a natureza daqueles fluxos que a atravessavam de um lado a outro. "Eu não sei se o que trago no peito é ciúme, despeito, amizade ou horror" - era a música que tocava lá fora, vindo da casa lotérica. Horror, era horror. Lila a essa hora estava sendo caçada como um troféu, tinha caído na clandestinidade. Quando a pegassem, seria torturada mais que todos porque com certeza cuspiria na cara dos agentes do DOPS, diria as piores coisas possíveis, e, principalmente, não entregaria ninguém, permanecendo calada diante deles, com uma expressão no rosto de uma alegria terrível e gloriosa. Logo ela, que não tinha nenhuma crença ideológica definida, que detestava qualquer poder instituído, que debochava dos companheiros para quem a ideologia era a verdadeira religião e eles próprios, mártires da Causa.

E Nando, como isso foi possível? O que ele fez para estar ali, sendo caçado? Uma vez, ele disse que aquela casa - da festinha no dia em que eu conheci Lila - era chamada pelos ativistas de Casa do Sol Nascente, pois havia muita esperança e muita coragem movendo as pessoas de lá. Quando ele disse isso já estava, provavelmente, envolvido com a luta armada. Como ele foi entrar nessa, ele não podia saber, mas isso doeu fundo nele. "Lila e Nando, meu Deus.[15]"

Ele despachou nervosamente os documentos e recebeu o recibo de comprovação. Saiu apressado dos Correios e entrou no primeiro botequim que encontrou.   Pediu um conhaque. O senhor grisalho que o atendeu olhou para ele de cima a baixo e perguntou: "Tem idade para beber isso, garoto? "

-    Acabei de completar 18 anos há poucos segundos.

O velho deu de ombros e encheu mais da metade de um copo de conhaque vagabundo. Ele virou tudo de um gole só e saiu andando por entre as pessoas na calçada, sem direção, esbarrando em alguns passantes, tropeçando em outros, praguejando para quem reclamava, sendo empurrado por um ou outro, até que deu com uma parede enorme toda branca. Recostou-se nela, colando o seu corpo inteiro, como se quisesse desaparecer dentro daquela brancura, sumir da vista de todos. Alguns passantes o olhavam com desconfiança e curiosidade - o garoto colado na parede de braços abertos - outras o ignoravam e, outras, para o seu contentamento, nem o enxergavam.

* * *

Ele já estava na faculdade de letras, quando recebeu um cartão postado em Miami, mas com uma imagem dos Alpes suíços. Nico ficou apreensivo quando o carteiro lhe entregou o cartão. Pensou em Fahrenheit (mais uma *polaroid*?), pensou em Angélica (por onde andaria ela?), pensou em Lila (quem dera!) enfim. Não reconheceu a caligrafia. Não eram os mosquitinhos de Jones, mas uma letra treinada em cadernos de caligrafia daqueles com três linhas verticais. A mensagem era tão sem sentido que ele precisou ler várias vezes para tentar entender do que se tratava.

Caro Dom (o cartão estava endereçado a Dom N. Quixote, com o endereço correto de Nico). Estou adorando esquiar aqui nos Alpes, faz muito frio, um frio de gelar a alma, mas eu tenho vocação para deslizar no gelo como ninguém. A Dália não pode vir, deve ter ficado presa a compromissos inadiáveis. Abraço caloroso do seu Guilherme Sancho.

Lila estava presa - essa era a mensagem. "Dália não pode vir, deve ter ficado presa." Dália, Dalila, Lila.

CAPÏTULO14:
AS POMPAS FÚNEBRES

Dear Prudence, won't you open up your eyes? (The Beatles)

Q uando Ulah subiu o último degrau das escadas para o segundo piso do Palácio, viu os pés de alguém deitado na varanda: dois belos pés calçados com tamancos Dr Scholl. Ela não reconheceu imediatamente aqueles tornozelos brancos, que lembravam as estátuas de mármore descolorido da antiguidade. Deu então alguns passos para trás, querendo desfrutar daquele momento estético especial. A luz laranja do sol poente iluminava os belos pés por trás, criando um contraste radiante com o branco pálido da pele jovem. O dourado da tarde resplandecia por trás dos tornozelos de marfim, fazendo com que parecessem surgir da terra como joias arqueológicas.

Ulah deliciou-se ao imaginar que alguma ninfa dos bosques, uma das servas da deusa Ártemis, exausta de tanto saltar na relva fresca da montanha com as corças selvagens, tivesse vindo esconder-se ali para um momento de sossego e descanso, mas que acabou por adormecer languidamente, como fazem as divindades femininas sempre que podem, pois estão sempre esgotadas de tantas atividades intensas.

Apenas depois de desperdiçar um bom tempo desfrutando daquela beleza para sempre perdida, ela resolveu chegar à varanda do Palácio. A ninfa era Angélica. Ela não estava dormindo exausta, mas também não estava morta, ela tinha acordado do sonho da vida, pensou Ulah, fazendo com que os luminosos versos de Shelley para Keats ecoassem pelas paredes depredadas e sujas pelas pichações. Sobre o cadáver de Angëlica, Verlaine andava, tentava em vão acordá-la lambendo os seus olhos. Miava e miava em um lamento como se entendesse que os seus esforços eram inúteis, e que esse era mesmo o fim. Talvez por isso, Verlaine tenha ido embora apressadamente dali e tenha desaparecido de vez. Nunca mais foi visto por ninguém.

Tudo estava perdido para sempre, Ulah já sabia disso há tempos. Arrumou o corpo de Angélica em uma posição de bela adormecida, envolveu sua cabeça como o xale cinza-prateado que havia tecido para ela e a cobriu inteira com lírios que ela mesma havia comprado, escolhendo um a um: lírios-trombeta, asiáticos, flores-de-maio, amarilis, eucharis, lírios-beladona, copos de leite. E fez uma guirlanda de violetas para enfeitar a bela cabeça. Teve ainda o cuidado de esconder com pétalas de rosas as picadas de agulhas que furaram seu delicado juvenil. Quando o arranjo de flores fez Angélica atingir o cume de beleza, Ulah sentiu que estava na hora de partir. Partir de uma vez por todas e para sempre como Verlaine. Não sabia para onde iria, mas certamente para bem longe dali. Talvez Tânger no Marrocos ou Istambul na Turquia. Subitamente, como tivesse sido atingida por um raio, ela se lembrou do conselho que uma mestra da Ordem da Cruz Rosa[16] havia enviado a ela em uma mensagem sigilosa:

Está escrito na parede: vá o quanto antes para algum lugar entre o Tigre e o Eufrates. Seu destino está em uma das muitas esquinas de lá aguardando por você há décadas.

Ela entendeu que isso significava que uma adaga afiada e uma golfada de sangue escarlate a levariam deste mundo quando colocasse o pé no solo da antiga Babilônia, mas com um sorriso doce decidiu que seria essa a melhor saída para ela. Não poderia ir embora, no entanto, sem antes deixar algum bilhete para Nico, o jovem poeta inocente e puro como Rimbaud antes da temporada no Inferno.

Querido jovem: infelizmente, eu mesma tive que fazer as pompas fúnebres da nossa amada Angélica. Garanto a você que ela partiu serenamente após um longo período de paz e de tranquilidade. Morreu de serenidade, se é possível dizer isso. Eu fui sua guardiã e ofereci a ela meus préstimos e fármacos para que nenhum sofrimento maculasse sua alma, delicada como a pétala de uma rosa pálida. Ela viveu meses em um estado de perfeição contínua e imperturbável.

Mencionava você com carinho e doçura. Que bela vida ela teve e, agora, está correndo pelos campos floridos de Lesbos envolta nos aromas das lavandas, das flores das macieiras, das romãs. Seu leito agora fica à sombra das rosas vermelhas. Não se lamente, poucas chegam lá no eterno jardim de Afrodite da poetisa Safo. Ela chegou.

Ulah

PS: Não fuja do seu destino, meu jovem, estou indo agora encontrar o meu.

Nico dobrou o bilhete, que ainda exalava um leve aroma de incenso, e o colocou na mesma caixa de madeira de madrepérola que estava na estante. A notícia da morte da Angélica por *overdose* tinha chegado a ele antes do bilhete, que só confirmou a sua suspeita: Ulah estava por trás de tudo aquilo. Recolocou a caixa ao lado do seu livro premiado *Como o Pólen das Flores Voa*. Esses seus últimos anos tinham sido grandes demais para que ele pudesse assimilá-los completamente. Ele não sabia ao certo o significado de tudo o que tinha vivido. Ele olhava para o passado e era como se estivesse em um trem fantasma, numa montanha-russa. Talvez ele tivesse que levar a vida inteira pela frente para dar sentido a tudo aquilo, ou aquilo fosse dar sentido a vida inteira que ainda tinha pela frente. Talvez fosse por isso que ele não estivesse vivendo um luto agudo pela morte dos seus três melhores amigos e o desaparecimento de Lila. Era como se uma sombra interna tivesse sido estendida e encoberto todas as coisas terríveis que tinham acontecido com ele recentemente. Ele observava as suas sensações. Algo havia mudado nelas. Há poucos meses, ele as sentia como vindo de fora. Era como se as imagens fossem formadas nas retinas dos amigos e chegassem a dele por meio do ar. Lex sentindo o discreto azedo das pitangas, franzindo ligeiramente o rosto, Aquela sensação gustativa vinha até ele como uma coisa do mundo, e não dele nem de ninguém.Jones fazia a sua mão dançar no ar, seguindo o movimento da música que ouviam, e era como se eles tivessem uma só audição. Ele não conseguiria separar o que ele sentia do que Jones sentia. Uma vez, Angélica teve uma crise de riso e não conseguia explicar o motivo. Um a um, começamos a rir e rir sem parar, sem saber do que ríamos. Isso mostrava que havia entre as nossas sensações, prazeres e dores uma comunhão. Era impossível vivê-las plenamente sozinhos. Quando alguma dor surgia em cada um deles, por menor que fosse, a primeira atitude era correr para perto dos outros para que ela se ampliasse e todos pudessem experimentá-la juntos. Assim, choravam juntos, assim sorriam juntos, sentiam que as dores e prazeres não eram individuais, mas que precisavam ressoar, repercutir, ecoar nos outros para ganharem significado. Mesmo em silêncio, a presença deles intensificava cada sentimento, cada sensação, cada dor, cada prazer.

Hoje, deitado na cama, olhando o teto do quarto, Nico estava só. De um modo que só tinha vivido na tenra infância. Suas sensações nasciam dentro do seu corpo e morriam ali mesmo. Ria sozinho, chorava sozinho e experimentava o amargo das frutas na sua própria saliva. As outras pessoas eram apenas seres isolados, trancados em si mesmos, assim como ele. O mundo tinha sofrido um recuo brusco e aparentemente definitivo e foi para bem longe.

***

O fato de ter passado no vestibular para letras teve o efeito de imbuí-lo de outras ambições corriqueiras e manteve a sua mente ocupada inteiramente com novos planos. Ele sentia uma força interna indomável movê-lo nessa direção. Mesmo que para isso tivesse que abandonar e trair todos os seus sonhos e memórias. Tinha instrumentalizado a poesia para ser premiado, algo que há poucos anos teria achado degradante. Mas agora estava pronto para a finitude, lidando prática e ambiciosamente com o mundo à sua volta, usando as ferramentas que caíram na sua mão nos últimos anos. Começou assim a imaginar o mundo acadêmico como uma selva a conquistar, sentindo-se preparado para enfrentar os leões, as hienas e as ratazanas que o comandavam. Havia algum escárnio em tudo isso, ele sabia, mas sabia também que iria pagar por isso a preço de alma. Não sabia de onde vinha essa certeza, mas ela brotava do fundo mais escuro da sua alma.

Chegou o dia, então, que ele teve que arrumar a sua mala e partir. Quando a mala já estava quase pronta, um pensamento o deteve. Foi até a escrivaninha, meteu o braço lá no fundo da gaveta e retirou o envelope de papel pardo com a fita cassete por tanto tempo esquecido. Colocou-o no fundo da mala. Antes de sair, pegou a caixa de madeira na estante, retirou as duas bolas negras com o sol e a lua, lançou-as no chão e pisou nelas até espatifá-las em mil pedaços. Depois, em uma homenagem póstuma a Fahrenheit, acendeu o isqueiro e queimou o bilhete de Ulah. Assistiu com prazer as labaredas devorarem uma parte do seu passado. Havia colocado um ponto final em tudo que tinha vivido naqueles últimos três anos de sua vida.

Já na rua, jogou a caixa de madrepérola na primeira lixeira que encontrou. E seguiu adiante, perigosamente livre, com um andar confiante, cabeça erguida e um sorriso mau no rosto.

DOMÊNICO X

CAPÍTULO 15: OS LOTÓFAGOS

Antes de tudo, preciso me apresentar ao persistente leitor: meu nome é Amilcar. Recebi o manuscrito que deu origem a este livro das mãos do próprio autor, Domenico X, pouco antes de sua morte, da qual fui testemunha.Tanto o meu nome quanto o dele são pseudônimos. No caso dele, a razão foi a necessidade de preservar a memória de certas pessoas que aparecem descritas aqui. No meu caso, preferi o anonimato para preservar o futuro da minha carreira. Meu nome poderia ficar vinculado ao manuscrito de Domênico, o que poderia prejudicar as minhas pretensões acadêmicas e literárias. Por isso, apresento-me a vocês como Amilcar Alencar.

O professor Domênico não me deu orientações explícitas sobre esta publicação, mas, como explicarei adiante, interpretei o simples gesto de entregar-me o manuscrito como o desejo silencioso de vê-lo publicado. O texto original foi escrito a mão, ao longo de décadas, com tintas de cores variadas, papeis de diferentes tamanhos, tonalidades e texturas - sinal de que foi abandonado e retomado inúmeras vezes. A ausência de datas no manuscrito torna impossível precisar a época de sua redação. Transcrevi palavra por palavra para o computador, tarefa facilitada pela caligrafia legível do professor. Nas margens, havia trechos de letras de músicas da época, que aparentemente funcionam como *madeleines* para a sua memória. Decidi, então, transformá-los em epígrafes.

Passo a relatar, agora, como eu recebi o manuscrito das mãos de Domênico e como foi a nossa conversa naquele momento. Faço isso com o intuito de esclarecer alguns pontos obscuros do *romance* – se é que posso chamá-lo assim. O fato de Domênico ter sido meu professor e mentor não influi em nada na compreensão do sentido do texto. No entanto, a confiança que ele depositou em mim reforça a ideia de que tratei o texto original com o máximo cuidado.

Começarei pelo fim – talvez seja a melhor maneira de explicar o começo – relatando como se deu o meu último encontro com o professor DX. Há cerca de um ano, fui convidado – ou melhor, intimado – pelo professor Domênico a visitá-lo na chácara onde passou a viver seus últimos dias. Após perder quase totalmente a visão devido a uma doença congênita, ele se isolou nesse sítio no interior do Estado. A chácara, uma antiga propriedade da família, era cuidada por uma senhora que fazia faxinas semanais. Nos outros dias, o professor, um incurável solitário, aprendeu a cuidar de si mesmo, ainda que enxergasse apenas sombras,

Diante da intimação de Domênico, obedeci imediatamente. Era um modo de retribuir o estímulo e a orientação que ele me deu durante os meus estudos, enquanto alimentava a minha pretensão de me tornar poeta.

Ao chegar no sítio, fui recebido pelo professor Domênico, encostado no umbral da porta de entrada. Não pude deixar de notar os dois pacotes que ele segurava. Ao entrar, vi que era de um envelope de papel pardo dobrado ao meio – que, mais tarde, descobri que continha uma fita cassete -, e o outro, volumoso, guardava o manuscrito que agora está nas suas mãos, leitor, em forma de livro.

Assim que entrei, ele colocou os dois envelopes sobre a mesa: no menor, estava escrito *VÍRUS*; no maior, *OS LOTÓFAGOS*, o título original deste livro.

— Trouxe o toca-fitas? perguntou-me, aflito. Eu havia levado um daqueles aparelhos portáteis antigos como ele havia me solicitado.

— Sim, claro. Afinal, não era isso que o senhor tanto queria, professor? -- respondi.

Sentei-me na sala numa das cadeiras de madeira e palha que circundavam a mesa antiga e acendi um cigarro. Olhei em volta: não havia livros à vista. Era uma casa austera, com paredes vazias e sem objetos decorativos. A casa de quem não podia valorizar o apelo visual de imagens ou cores. Como esperava, não havia Internet, computadores, ou celulares. Domênico ainda se comunicava por cartas e telefone fixo. Vivia no império das utilidades obsoletas. Guizos nos batentes, nas pontas de fitas, ajudavam-no a se mover pela casa. Ele caminhava, tateando as paredes, guiado pelos sons dos guizos, no espaço quase vazio da casa.

***

Fui introduzido ao mundo da literatura por Domênico, que viu em mim um suposto talento e com uma ambição moderada, condições para se **tornar alguém no mundo das letras**. Isso me permitiu compreender o isolamento e a impaciência do velho mestre. Julgamos que a consciência de uma capacidade acima do comum tende a levar o possuidor a uma vida afastada do mundo insensato. Essa ideia, porém, talvez tenha envelhecido antes do professor, já que hoje a ilusão de ser um "escolhido" gera uma atitude de busca desenfreada por exposição –.um efeito cômico, agravado pela bajulação do público que pouco entende de arte. No fundo, a única explicação aceitável para a massa é a religiosa; o escolhido, o enviado, o abençoado. Domênico era ambíguo em relação a isso. Uma vez confessou-me que o seu talento e prestígio eram fruto de "negociações com o lado escuro do sol". Tomei isso como uma anedota. Espero que o leitor faça o mesmo.
.

Mas, como já disse, eu desejava ser poeta, mesmo sabendo que a poesia hoje faz tanto sentido para a nossa sociedade quanto um disco de vinil. Alguns adeptos, alguns fetichistas, alguns preciosistas ainda a cultuam, mas as Musas já voaram para longe daqui há muito tempo, deixando um chão seco, rachado, estéril. A poesia está morta, mas insepulta. Eu insistia em ressuscitá-la, como quem faz uma respiração boca a boca em um cadáver. Isso divertia Domênico. Ele via em mim o retrato do artista que ele fora na juventude. Por isso, tratava-me com um carinho distante e uma delicadeza fria, temendo macular a minha inocência ou estimular em mim "um desastre similar ao dele" – como dizia. Na época, eu era o típico jovem poeta rebelde, inconformista e desafiador, daí que a primeira pergunta foi direta:

— O senhor está morrendo? Foi por isso que me chamou?

— Talvez, talvez, mas, nesse tempo verbal, todos estamos de alguma forma. Quanto ao presente, mais pontual, prefiro responder mais tarde se ainda tivermos tempo.

— Posso esperar, não tenho pressa. Mas uma coisa me intriga: sem escrever, sem ler, o que faz aqui? Espera que algo aconteça?

— Não espero mais nada, nunca fui muito bom de esperar, mas, por acaso, voltei a um passado de sensações plenas e isso adiou este momento por alguns anos. É curioso. Depois de perder a visão, eu recuperei o olfato, que eu havia desprezado por muito tempo – devido a certas experiências nefastas –, considerando-o um dos sentidos mais baixos e vulgares. Agora, os aromas me levaram de volta ao mundo vegetal. Espero passar logo ao próximo estágio: entrar de vez no mundo mineral - disse com um sorriso irônico.

– Isso soa meio mórbido, Domênico – eu disse.

— Ah, você não sabe, mas descobri que as coisas que busquei com tanto esforço com os olhos me vieram agora espontaneamente pelo olfato. Essa possibilidade sempre esteve aberta para mim, desde a infância, mas eu a rejeitava. Aqui, eu pude experimentar uma vida guiada pelo olfato. Imerso em aromas que pareciam escorrer por minha pele como a resina das árvores, respirei o sumo ácido das cascas, o azedo cortante das folhas, e o vapor da fragrância das flores que ondulavam pelo chão. A mão enrugada que me guiava no pomar antigo retomou a minha, agora também enrugada, devolvendo-me aos insetos e ao canto das aves. Já não sei se o gosto amargo e o perfume ardente vêm das folhas que sangram seiva ou do canto dos pássaros. Diante de tudo isso, os meus garranchos, esses rabiscos rupestres, se esvaem, perdem todo o valor, se é que tiveram algum dia algum mérito, o que eu duvido muito.

— Não pode estar se referindo aos seus livros tão cultuados e tão premiados.

— Estou sim, são todos garranchos e, o que é pior, efeitos de uma impostura.

— Então, quer dizer que depois de todos esses livros, prêmios e reconhecimento, o senhor quis voltar aqui, onde tudo começou?

— Sim. Eu escrevi, ganhei prêmios, foi celebrado, nada disso se equiparou aos passeios que fiz em um pomar antigo. Só aqui, guiado pelo olfato, percebi a trapaça em que eu me meti. Hoje, eu sei que nada da minha vida adulta era totalmente desconhecido na minha imaturidade.

– Como assim, perguntei intrigado.

— A imaturidade contém a vida inteira de qualquer pessoa. Voltei à escuridão da minha infância, mas, desta vez, para receber a luminosidade das sombras verdejantes e dos caminhos sinuosos cobertos de musgo. Não posso ver as flores que a meus pés vão se abrindo, nem os ramos das árvores de onde desce o suave perfume, mas, na escuridão perfumada, posso tatear cada aroma impregnado na mata. Não fosse tarde demais, eu poderia recomeçar minha vida de novo, seguir por uma nova estrada, mas tenho que prestar contas e, finalmente, ouvir a fita inteira com os ruídos tenebrosos que assombraram minha existência e me conduziram até aqui.

— Ruídos tenebrosos, professor? Não vim consultar o oráculo de Delfos, vim apenas trazer um tocador de fitas – disse brincando.-- Peço perdão antecipado por dizer isso, mas o senhor está parecendo a versão humana de um velho tocador de fitas.

— Você fala da minha inutilidade, da minha raridade ou de que sou um lixo tecnológico? - perguntou, estendendo a mão pedindo o vermute que estava tomando. Eu coloquei o copo na mão trêmula do velho professor, e ele continuou:

— Amilcar, Amilcar, você é o garoto mais inteligente que eu conheço. Mas julga que o passado está morto, que só o presente vive. Eu fui assim um dia. Não sabia que o tempo só tem uma dimensão: o passado. Só o passado não se esgota nunca. O presente agoniza por falta de passado, Vê só o meu caso. Recuperei aqui um passado que eu julgava perdido. E toda uma vida transbordou em mim. Sim, foi tarde demais, eu sei, mas não para saber que o que não vivemos, o que descartamos nas nossas escolhas, permanece vivo e disponível no passado. É preciso desenterrar, no passado, o presente possível que abandonamos outrora para nos desviarmos dos caminhos inférteis que trilhamos no presente.

– Era isso o que você e seus amigos não sabiam? - Perguntei.

– Quando se é jovem, o leque das possibilidades está sempre aberto. Depois que nos tornamos adultos, o leque se fecha, como o da diva na ópera, bruscamente, acompanhado por dedilhado rápido do piano. Passamos então o resto da vida buscando algo novo, mas tudo o que é possível está no tesouro esquecido do passado.

— Quer dizer que eu estou vivendo a minha vida toda simultaneamente agora? - perguntei querendo acrescentar humor ao drama..

— Sim, você está diante de tudo o que é possível viver. Seu futuro dependerá desse seu presente, e, um dia, será preciso voltar o que é possível hoje, quando a sua vida está pulsando plenamente.

* * *

Nada mais foi dito. Domênico tateou na mesa o embrulho e me entregou o pacote com o manuscrito. Podia-se ler em letras maiusculas escritas a caneta esferográfica no envelope de papel pardo: Os *Lotófagos*.

— Que diabo é isso, Professor?

— Os Lotófagos? É o título. Uma coisa que tirei da *Odisseia*. Ulisses vai parar no país dos *Lotófagos*, os comedores de lótus, não se lembra? Ali, quem prova o doce fruto do lótus permanece para sempre, sem memória do passado e sem expectativa do futuro, mergulhado em um presente eterno. Achei que isso dizia muito sobre nós, quero dizer, sobre os personagens do romance.

— O que faço com isso?

Ele mirou o meu vulto com os olhos vazios e disse — Queime-o.

— Ah, está de brincadeira ou me propondo um dilema?

— Não, estou autorizando você a lançá-lo nas chamas da lareira aqui na nossa frente. Em breve, o fogo também nos consumirá, assim como tudo será consumido pelo fogo universal. Mais cedo ou mais tarde este texto, nós dois, viramos cinzas. Se quiser adiar esse momento, será um capricho da sua parte. A minha vida, entretanto, jamais será queimada com esse manuscrito.

— Está insinuando que o senhor escreveu uma autobiografia, um livro de memórias?

— Autobiografia? Não, nem mesmo acredito que isso seja possível. Está mais para uma evocação. Uma sessão espírita sacrílega. Uma maneira de estender a mão a eles, os mortos, eles que estão do outro lado do rio. Mas, por favor, não pense que se trata de mim este ou aquele outro personagem, não tenho a pretensão de ter uma identidade factual. Há fragmentos de mim ecoando em todos esses mortos, mas é só o meu eco. Não tenho, como já disse, uma identidade definida, e nunca acreditei na existência dela, sempre achei ridícula essa conversa. Daqui a pouco, eu e você saberemos quem eu sou de verdade. A orelha de *Dioníso* vai ouvir alguém sussurrar um segredo.

— Está me dando um — *publique-se*? - perguntei confuso.

— Não, a ordem é queimar o manuscrito. Não posso fazê-lo por mim mesmo. Prestei conta aos meus amigos mais queridos, agora, estou em paz. Só isso importa, e só importa a mim e a eles, a mais ninguém. Se eu queimasse esse manuscrito seria um ato ímpio, mas você não, você estaria apenas queimando papeis velhos rabiscados. Eu que tantas vezes publiquei o que jamais deveria ter publicado, tenho agora a chance de me redimir. A verdade é que sempre desprezei esse anseio por publicação, sempre achei que querer ser lido, pensar "eu mereço ser lido", é de uma cretinice sem par. Nada pode dar a um autor essa garantia de merecimento, a não ser a má-fé, a vaidade e a canastrice.

Depois de fazer essas recomendações ambíguas, Domênico me pediu solenemente para tocar a fita cassete:

— Aperte o *play*, Amílcar! Agora, quero voar como o pólen - disse ele, segurando firmemente, com as duas maos, o toca-fitas no seu colo.

Eu apertei o *play* e a fita começou a rodar. A gravação tinha no início a voz de um locutor de rádio anunciando o *Adagio In G Minor* de Albinoni. Começava, na verdade, no meio do anúncio e ouvia-se apenas o locutor dizer "Albinoni". Quando o *Adágio* começou, Domênico, com um leve sorriso nos lábios, parecia sorver a música. Mesmo sentado, dava a impressão de flutuar sobre a mobília da sala e assim, aéreo, permaneceu até o fim da música. No pequeno intervalo silencioso que se seguiu ao *Adágio*, Domênico murmurou algo como:

— A música acabou, Lex. Angélica, sou eu, Nico...

E ouviu-se então os primeiros acordes do que me pareceu ser a marcha fúnebre da 5a sinfonía de Mahler que, à medida que avançava, fazia com que o rosto de Domênico contraísse mais e mais. A música seguia e ele se contorcia e levava as mãos aos ouvidos como se um som agudo os estivesse perfurando seus tímpanos. Eu, imediatamente, perguntei:

– está tudo bem, professor Domenico? Está sentindo alguma coisa?

Ele fez um gesto com a mão para que eu não o atrapalhasse, e foi então que ele teve uma espécie de convulsão, seus olhos se arregalaram e ele começou a sacolejar. Apenas nesse momento, pude perceber que o ataque tinha alguma relação com a música da fita. Havia alguma correspondência entre o que acontecia na música e o que estava acontecendo fisicamente com ele. Ao me dar conta disso, tentei interromper a reprodução da fita e apertar o ***stop***, mas, em um reflexo instintivo, sentindo a minha mão se aproximar do seu colo onde estava o toca-fitas, ele segurou o meu braço no ar com toda a força que tinha. Ergueu com esforço a cabeça trêmula como se quisesse escutar ainda mais claramente a música e apertou as pálpebras contra os olhos como se forçasse a si mesmo a ouvir algo insuportavelmente doloroso. Isso aconteceu mais ou menos no quinto minuto da sinfonia.

E eu mesmo pude ouvir, em meio ao barulho de um trem que passava ao longe, uma voz ou vozes sussurrando algo na gravação, sílabas que aparentemente formavam palavras de uma frase. Enfim, uma frase sem sentido algum para mim sendo proferida, repetida e repetida dentro da música. Algo que graficamente seria mais ou menos assim: *MENE MENE TEK UPHARSIN*. Anotei rapidamente no verso do manuscrito esses fonemas. Foi quando notei que um filete de sangue escorria da orelha de Domênico e, subitamente, a cabeça dele foi lançada para trás num tranco para, em seguida, cair inerte sobre o seu ombro. Eu, por fim, desliguei o gravador e constatei de imediato que ele estava morto. O que aconteceu na sequência desses fatos não despertam nenhum interesse literário e, por essa razão, vou poupar os ocupados leitores dos detalhes entediantes do *post-mortem* do meu estimado professor Domênico X.

Domênico

***

Não preciso dizer ao sagaz leitor que ignorei a ordem expressa do professor para queimar o manuscrito. A obra depois de completa não é propriedade de um autor mas pertence à humanidade. O professor Domênico sabia muito bem disso porque foi com ele que eu aprendi que uma obra – este livro, por exemplo -- não pode ser tomada como extensão de um autor, enquanto pessoa. A obra tem uma autonomia que escapa dessa tutela e, portanto, precisa ser respeitada por ela mesma. Assim como um pai não tem o direito de tirar a vida do filho que ajudou a conceber, Domênico não tinha o direito de exterminar a obra que apenas no aspecto meramente comercial e, portanto, superficial, era de sua propriedade.

Dito isso, passo às considerações sobre a edição do texto. Como editor da obra, tomei certas liberdades que, na minha opinião, não comprometem o seu espírito. Uma delas foi substituir o título para *Os Comedores de Lótus*. *Os Lotófagos* pareceu-me erudito demais para um livro que remete à juvenília. Hoje, qualquer coisa que desacelere o ritmo da leitura é um obstáculo para a frágil atenção do leitor. Por essa razão, eliminei também referências demasiadamente datadas, peculiaridades que poderiam perturbar a leitura. Inseri ainda algumas notas explicativas em certas passagens obscuras. Quero deixar claro que não fiz mudanças substanciais no texto; minha formação acadêmica me impediria de adulterar o relato de um autor que - independente do motivo - teve necessidade de criar um texto exatamente na forma como foi escrito. Não posso afirmar que a voz do narrador seja a de Domênico, não sei se ele se apresenta no texto distanciado de si mesmo, como se pode depreender do que ele próprio afirma na conversa relatada acima. Se isso é um problema, não é um problema da nossa alçada, mas da crítica literária.

Uma última coisa ainda a acrescentar: a causa exata da morte de Domênico permanece um mistério para mim. Só posso informar ao atento leitor que fiquei tão atordoado na hora da morte do meu querido mestre que eu acabei por destruir a fita cassete (num ato irrefletido, joguei-a no fogo da lareira), como se ela fosse a culpada por tudo aquilo. Na verdade, isso acabou sendo uma maneira de colocar um ponto final nesta história. Com a destruição da fita cassete, podemos enfim garantir - com algum alívio - que a fita, ele, eu, a morte, a vida, e tudo mais somos mera literatura.

FiM

[1] Domênico foi, muitas vezes, relapso ou não tinha preocupação com a cronologia. Mas aqui ele pode ter sido fiel. O disco do *The Doors* foi lançado no dia 6 de janeiro de 1967. Se eles estavam ouvindo um disco importado, é provável que a cena tenha ocorrido nos primeiros meses de 1967. (Nota do Editor)

[2] *In-A-Gadda-da-Vida* do Iron Butterfly tem 17 minutos de duração, lançada em 1968.

[3] As fotos que estavam coladas no manuscrito foram digitalmente alteradas para que as pessoas reais não fossem imediatamente reconhecidas.

[4] Jim Clark, um dos maiores pilotos da história, morreu em 7 de Abril de 1968 quando seu carro saiu da pista e bateu em algumas árvores em corrida na Alemanha. Graham Hill, outro grande piloto da época. .

[5] O romance de ficção, *Fahrenheit 451* de Ray Bradbury, foi lançado em 1953 e filmado por François Truffaut em 1966.

[6] A frase "Mene, Mene, Tekel, Upharsin", encontrada em Daniel 5:25, foi escrita na parede do palácio de Belsazar por uma mão misteriosa. Daniel interpreta a mensagem da seguinte forma: o reino seria dividido e entregue aos medos e persas (Daniel 5:28). A escrita na parede continua sendo enigmática, já que não havia espaços claros entre as palavras ou letras. Wendy L. Widder sugere que as palavras foram escritas em aramaico, uma língua que originalmente só usava consoantes. Isso significa que qualquer interpretação depende das vogais inseridas em cada palavra. Daniel escolheu vogais que transformaram os termos em "numerado", "pesado" e "dividido", explicando ao rei que seu tempo havia chegado ao fim, ele falhara e seria repartido. Após a interpretação, Belsazar recompensa Daniel, vestindo-o de púrpura, colocando uma corrente de ouro em seu pescoço e declarando-o terceiro no comando do reino. Naquela mesma noite, Belsazar é morto, e Dario, o medo, assume o trono (Daniel 5:30-31).

[7] O escritor Malcolm Lowry viveu no México durante o período em que escreveu a sua obra-prima *Under the Volcano*.

[8] Em 1966, na madrugada de 14 de setembro, Clarice Lispector foi vítima de um grande incêndio no seu quarto, enquanto dormia. A escritora sofreu muitas queimaduras pelo corpo e passou dois meses hospitalizada. (Nota de AA)

[9] The Endless Summer estreou no Brasil em 1967 com o título Alegria de Verão.

[10] *On Dangerous Ground*, de Nicholas Ray, passou no Brasil com o título, *Cinzas que Queimam (1951)*.

[11] No original no manuscrito. Tradução livre: Quando eu chego no fundo, eu volto para o topo do escorrega/ Onde eu paro e me viro e vou dar uma volta/Até eu chegar ao fundo e ver você de novo...Diga-me, diga-me, me diga logo a resposta..."

[12] A Whiter Shade of Pale, provavelmente. O compacto simples do Procol Harum foi lançado em 12 de maio de 1967.

[13] A primeira edição de *Como o Pólen das Flores Voa* saiu pela editora da Associação Brasileira de Poesia no ano de 1970. Não há notícias de uma re-edição. Raramente aparecem nos sites de venda de livros usados. Quando aparecem, são vendidos imediatamente.

[14] Esse procedimento remete ao que acontecera em 1953, quando o jovem pintor de vanguarda Rauschenberg exibiu, em uma exposição, um desenho apagado de De Kooning, o grande pintor da época. A diferença crucial entre os dois: Rauschenberg pediu a De Kooning um desenho para apagar e De Kooning, entregou-lhe uma obra-prima para destruição. No caso de Nico, aparentemente, não houve autorização do famoso poeta. Domênico não menciona o caso no manuscrito, mas escreve na margem da página: Rauschenberg/De Kooning.

[15] Nando, codinome Bebê, e Dalila, codinome Nancy, estão na lista dos desaparecidos durante a ditadura militar.

[16] A *Ordem da Cruz Rosa* foi uma sociedade secreta feminista surgida no

final dos anos 1950 no eixo Rio de Janeiro–Sao Paulo– Minas Gerais. Como foi associada , posteriormente, durante o regime militar à subversão, foi perseguida e desmantelada.

Made in United States
Orlando, FL
22 February 2025

58795249R00095